ことばの匂い

竹本祐子
TAKEMOTO YUKO

幻冬舎MC

ことばの匂い

目次／ことばの匂い

第1章 燕の空

第2章 洋の東西

目次

第4章

大吟醸物語

第5章 心に沁みる

第6章 語り継ぐ　昔と今

第7章 来た道行く道

終章 終わりの始まり

第1章 ― 燕の空

燕帰る

燕《つばめ》が帰ってきた。

燕が帰るというと、季語では秋になるという。つまりは南へ帰っていく。燕の故郷は、東南アジアなのである。

昨年立派な巣を造って雛を育てた燕だが、無知な人間が起こした騒動のせいで大変な迷惑をこうむりながらも、懲りずに二羽で帰ってきてくれた。嫁に出した娘を迎える実家の心境だ。朝は四時頃からルリルリと鳴き始め、抱卵しているのか日中はどちらかが巣の中でうずくまり、どちらかが捕食のために空を舞う。人の出入りのある軒下を選んだのは、天敵から雛を守れると判断したのだろう。かわいい雛が顔を覗かせるのを心待ちに、今年はただそっと様子をうかがう毎日が続く。

地球の四分の三近くの面積を占める海。その茫洋とした海にも潮の流れがある。多くの魚が黒潮という、まさに黒ずんだ色の潮流に乗ってやってくる。ほんの沖合でも、潮目というものがあって、小さな船は流れに乗って進むのと、逆らって進むのでは燃料消費がずいぶん違う。

燕が大空を渡ってくるときも、やはり風の流れに乗ってくるのだろうか。時には風の帯に身をゆだね、時には上昇気流に乗って空を旅する。たどりついた盆地の一角で、翼を休めて雛を育てる。蒼穹を飛翔する燕には、雀とは違う凛としたものを感じる。まさに大空を旅するものの風格だろう。

（二〇〇七・五）

糧《かて》

日常において、動植物から学ぶことは多い。

ブルーベリーの樹を育てるうちに、水はかかせないことを思い知らされる。当たり前のことながら、連日35℃を越える猛暑日とあっては、雨降りのありがたさが身に沁みる。

肥料はやればやるほどいいわけではなく、適量をタイミングよく施さなければならない。そんなことは常識だ、と植物に詳しい人や農家は言うだろう。植物は地球温暖化の現象をかなり前から示していた。栽培品種の北限が年々北上していくことに、農業に携わる人々がいち早く気づいたはずだ。以前は生息していなかった動物が現れたり、亜熱帯の帰化植物が繁茂したり、現実は容赦がない。

二度目の子育て中の燕らは、雛の飛行訓練に余念がない。軒先の巣から乗り出した五羽の雛。さっと手を振ると、親鳥と間違えて一斉に黄色い口で大合唱していたのが、いつの間にか知恵もつき、体力も充実して巣立ちの時を迎えている。中には空中へ飛び出したもののの、あえなく墜落する雛もある。まるで泳ぎを覚えたての小学生のように、やたら手足を動かすのだがうまく前に進まない、そんな様子で雛たちは羽をばたつかせ、ぎこちなく低空飛行を試みる。

日常のささやかな場面に心が温まり、時には教訓を得、それを人間は日々を生きる糧とする。収穫をもたらしてくれた植物には礼肥を、巣立っていく燕らには、旅の無事を祈る。

（二〇〇七・八）

新築か、中古か

住宅の平均寿命は、アメリカ四十四年、イギリス七十五年、日本は二十六年だという。

基本的に石で造るか、木で造るかの違い、あるいは生活スタイルの違いがこの数字に表れている。地震があるかないかでもずいぶん違うのだろう。

二酸化炭素排出削減という観点では、住宅も新築するよりリフォームしながら住み続けるのがよいのか。しかし隙間風だらけの古い家より高気密の新築家屋のほうが、暖房効率の点では電気の消費は少なくて済む。はたしてどちらがよいのか。

ここ数年来、毎年燕が渡ってきては軒先で雛を育てて巣立っていく。今年も早々やってきた。雛も育ってくると、巣の中で満員電車なみのぎゅう詰め状態で餌を待っている。五羽もいると、餌をもらいそびれる要領の悪い雛もいるが、無事全員巣立っていくと、安心するやら寂しいやら。

今年はなぜか別の燕が遅くにやってきて、立派な巣を尻目に新たな巣を造り始めた。人間の通り道の真上なので、古い巣の隣に急遽土台となる板を打ち付けてやると、せっせと泥と枯れ草を運んできて、新しい住まいを造った。が、打ちつけた板が軟弱すぎたか、少し傾きかけて、巣造り中断。

人間の浅知恵でガムテープを貼ったり、支え棒を追加して、耐震補強を施した。作業が終わると、さっそく入居。新しい巣でただ今抱卵中。また巣立ちまで見守る楽しみを提供してくれている。

（二〇〇八・七）

飛翔

初めて空を飛ぶ気分はどんなだろうか。

卵の殻を破って生まれでたときから、一緒に生まれたほかの兄弟たちと、ひたすら親鳥の運んでくる餌を待っていた。親の到来とともに、こぞって黄色い嘴を開けて餌をねだった。毎日下から見上げる人間たちは口々に何かを言っては手を振ったりする。手の動きに合わせて首を振って見つめると、人間たちはなぜか笑顔になった。

泥で固めた巣が次第に手狭になって、五羽の兄弟で押しくら饅頭を始めた。背中がむずむずして羽を動かしていると、また下から人間が声をかけてきた。親鳥がしきりに警戒の声を上げるので、巣の中に身体を引っ込める。

あの頃見えていたのは、軒先から下の空間だけだった。一陣の風と羽ばたきで、親鳥が弧を描くように巣に帰ってくる。あんなふうに飛べたら……あとについて飛び出したはいいが、虚弱な一羽はあえなく地面に墜落。人間に捕まえられて、巣に戻ってきた。

そんな冒険もあったが、今や五羽全員が上手に空を飛んでいる。もう人間に捕まることもなければ、からかわれることもない。

こんなにも外の世界は広いのか、と好きなだけ飛び回る。羽ばたけば羽ばたくほど、身体が空高く浮き上がって、翼で風を切って一直線に滑空することもできる。もう、狭い巣の中でじっとしていた日々がうそのようだ。

もぬけの殻となった巣を見上げる人間が、ぽつんと小さく見える。

（二〇〇八・八）

A small creature

毎年初夏になると、軒先でドラマが展開する。

南国からやってきた燕が卵を産み、かわいい雛が顔を覗かせる。餌をねだる声もじょじょにかしましくなり、黄色い大きな口が餌を競い合う。

毎年のことながら、つぶらな瞳と愛らしいしぐさに、人間の心はほろりとさせられ、毎日見守らずにはいられない。いずれは巣立っていくとわかっているだけに、親を待ち受ける小さな命たちを応援したくなる。親鳥にとっては警戒心をかき立てられ、雛にとっては大きなお世話だろうが、おろかな人間は毎日巣の中を覗き込んでは、雛の姿を心の糧にしている。

耳を澄ませば、朝も早くからカッコウが鳴いている。橋から見れば、川の流れに長い脚の先を浸して魚を追う白鷺もいる。水をたたえた田んぼでカルガモが泥をかき回しているかと思うと、高い梢でこれ見よがしに大声を張り上げるカラス。尾をこまめに上下させて、セキレイがホップ、ステップ、ジャンプ。雀らはかしましく鳴き暮らし、鳩は葉陰で寄り添って眠る。

この頃、人間が犯す殺伐としたニュースばかりがテレビを賑わしている。

小さな生物（a small creature）の鳥たちはひたすら大空を飛びながら、生きる糧を追い求める。その姿は、生活に追われる人間とも重なる。けれど、どこかけなげで美しい。愛らしい燕らが巣立つまで、あと何日……。

（二〇〇九・六）

燕の空

燕たちが電線に止まっている。

巣立ったばかりの若鳥は、見たところ身体の大きさは親鳥と大差ないが、尾が短い。親たちのりゅうとした尾羽は、まさに燕尾服のテイルそのもの。

燕はなぜか人の出入りのある軒ばかりをねらって、巣造りをする。天敵のカラスから身を守るためらしい。

東南アジアから日本列島にやってきた燕らは、どう考えても昨年飛来した燕に違いない。古巣にちょっと手を加えて、今年も二度卵を産んで、それぞれ五羽巣立っていった。小さな島国とはいえ、北から南まで千数百キロはある本州の中で、古巣の場所を確実に見つけ出すのだから、頭の中にすばらしいナビゲーション・システムが搭載されているのだろう。

　今年は強風にあおられて、ブルーベリー畑の防鳥ネットが破れて飛ばされた。仕方なく青い空を見上げながら摘み取りをしている。ムクドリや雀は実を食べるだけでなく、小枝に止まって実をつつき、蹴散らしていく。何か策はないものかと、鳥よけ効果があるという磁石を吊り下げた。猫の形をした黒い板に、磁石と光る目までついている。

　鳥は体内に生物磁石を備えていて、それで方向がわかるのだという。強い磁力で、鳥の気分を悪くさせる、と説明書には書いてあるのだが、いっこうに効果は上がらず、偽物の黒猫はむなしく宙を見上げるばかり。

　強い日差しを背に受けて飛翔する鳥たちが、空から笑っている。

（二〇一二・七）

迷信

茗荷《みょうが》を食べると物忘れがひどくなる。昔からの言い伝えだが、迷信なのか、何か根拠があるものなのか。

確かに茗荷や紫蘇、三つ葉や木の芽などは、独特の香りと味があって、それがまた何ともいえない風味である。そんな味覚は、子供の舌にはなじまないので、大人しか食べない。となれば、子供から見れば、茗荷を食べる大人はまったく都合よく、あるいはほんとうに物を忘れる。

雷がごろごろ鳴ると、雷様におへそを取られるぞ、と子供の頃よく言われた。夕立にあわないように、屋内にいなさいという指示なのか、急激な気温の変化に体調を気遣え、という注意だろうか。

天気にまつわる言い伝えといえば、燕が低く飛ぶと雨が降る、といわれる。燕は飛びながら虫を空中で捕食する。空気中の湿度が高くなると、昆虫も低く飛び、雨が降るという論理のようだが、必ずしも当たらない。猫が顔を洗うと明日は雨、と同じぐらいの確率だろう。

今年もまた燕たちが南国からやってきて、電線でおしゃべりをしていたかと思うと、巣の中にじっとしている。どうやら卵が孵るのも間近なようだ。忘れずに覚えているのだから、巣を造った燕か、あるいはここから巣立った若鳥だろう。巣の存在だけでなく、ここに暮らす人間のことも覚えているのだろうか。

物忘れがひどくなる一方の人間は、せめて迷信に惑わされることなく、燕が巣立つまで見守ってやろうと思う。

（二〇一三・五）

隣は何をする人ぞ

燕が子育て真っ最中。

古巣で卵を産んだかと思えば、別のつがいが巣を新築した。直立する白壁に泥団子を貼りつけては、草の繊維を織り込み、堅牢で安全なスイートホームを作り上げた。

今年はどうしたことか、新築と中古合わせて五つも巣が出来上がった。最初の雛たちは、すでに大空を飛び回っている。最後にできた巣の中では、孵ったばかりの雛がか細い声で餌をねだっている。

巣と巣には、二メートルほど間隔がある。飛来する際に邪魔にならないためか、互いに子育てを気遣ってか、不思議な距離を保っている。

都会に暮らす人々の間では、隣家との境界線を巡って、一センチメートル単位での争いもあると聞く。あるいは壁や床を通して聞こえる騒音で、マンション暮らしは両隣と上下階の部屋とのトラブルを抱えることもある。

お隣さんとの付き合いは、昔から微妙に難しいもの。気持ちよく挨拶ができて、近況を尋ねるぐらいの話ができれば、一番無難だ。詮索しすぎはよくない。人には聞かれたくない事情もあるだろうし、言いたいことがあっても半分以下に留めておくと、トラブルには発展しにくい。

これが国と国どうしになると、過去の揉め事も交渉の手駒の一つに持ち出され、国民感情をあおって、政局への批判をかわす政治的な道具に使われる。

ほどよく距離を保ちながら、隣人を愛することができれば、世界中がもっと平和になるのに。

（二〇一三・七）

夏鳥

軒先で燕たちが子育てをしている。

遠い南から海を越え山を越えて、毎年やってくる。古巣を泥で上手に修復して、卵を産む。しばらくすると弱い声がして、卵が孵ったとわかる。親鳥らは交替で餌を運び、気がつくと茶色の頭が窮屈そうに並んでいる。そうしてある日突然、いっせいに雛が巣立つ。近くの電線に肩を寄せて止まっている雛たちは、まだ大空を飛ぶ勇気がないのか、巣の中で感じていた兄弟の温もりが恋しいようだ。

今年は真夏日になったかと思うと遅霜が降りるなど、気温の変化が激しく、鳥たちも大変だ。春から夏にやってきて繁殖し、秋にまた戻っていく渡り鳥を、夏鳥という。

梢でカッコウの声がし、水田ではカルガモが餌をついばんでいる。遠くの田んぼの畦には長い嘴の白い鳥が、すっくと首を伸ばして佇んでいる。白鷺だ。風格のある姿が美しい。

散歩途中の猟犬は視力がよいので、遠くにいる鳥やライバル犬を見つけると、突然甲高い声で吠えながら、やたらと飛び跳ねる。標的を発見した喜びで身体が突き動かされているようだ。

犬は、サイトハウンドとセントハウンドに大別される。視覚《サイト》で獲物を見つけるか、嗅覚《セント》でかぎ分けるか。若い猟犬は常に首をもたげて、遠くを見つめている。一方の老犬は、人間同様視力が弱り、耳も遠くなった。しかし嗅覚は健在だ。

来た道も行く道も、夏鳥が見守っている。

（二〇一七・六）

孵ったばかりの雛

巣立ち間近の雛たち

第2章

―― 洋の東西

鏡の国

鏡と鏡を相対させると、そこには不思議な世界が展開する。

影絵の森美術館では、作品の左右に鏡を配してあった。覗き込むと、タイムトンネルのように幾重にも永遠に連なる影絵の世界があった。ひょっとしたら見る者もその中へ踏み込んでいけそうな錯覚を覚える。

松本市美術館の展覧会でも、お馴染みの水玉の前衛芸術作品にまざって、暗い部屋にぼうっと浮かび上がる縄梯子のような作品があった。床と天井に貼られた鏡が、縄梯子を上は天国へ、下は地獄へと繋げている。下を覗けば、奈落の底へと落ちていく犍陀多《かんだた》が見え、上には豆の樹を元気に登っていくジャックが見えるようだ。

たかが鏡二枚あるだけなのに、光の反射作用とかき立てられる想像力で、そこには別世界、異空間が広がる。

そんな鏡の国でありったけ不思議な体験をしたのはアリス。ルイス・キャロルの一八九六年の作品である。兎のあとを追いかけて迷い込んだ「不思議の国」ではトランプの女王と出会うが、続編ともいうべき「鏡の国」では、登場人物がチェスの駒であり、アリス自身もゲームの一員として物語が進んでいく。

斬新奇抜なストーリー展開と実験的文体、ファンタジーの要素盛りだくさんの物語は、百年以上も前に書かれた作品とは思えない。造形であれ、文章であれ、異才の作品に触れると、何やら不思議な気分にさせられる。

（二〇〇五・九）

表と裏

○か、×か。おまえが行くか、俺が行くか。

何かを決めかねるとき、欧米人はよくコインを投げて決める。親指の爪ではじくように投げ上げ、手の甲と手の平で受けとめる。はたしてコインのどちらの面が上になっているか。表か裏か、それを言い当てたほうの指示に従うというわけだ。

ところがこの表と裏、英語では'head or tail' つまり頭か尻尾か、を言い当てる。アメリカの場合、歴代大統領の肖像がある面が表だという。日本の貨幣は年銘があるほうを裏とするのが決まりなので、十円玉で言うと平等院が表となる。

表と裏、何となく表のほうがイメージが明るく、前向きで、正式な印象を持つ。裏口から入るより、表口から入るほうが、気持ちがいいだろう。裏通りより、表通りのほうが、道にも迷わない気がする。が、表からだろうが裏からだろうが、行き着くところは同じ。コインは表だろうが裏だろうが、一枚は一枚の価値しかない。同じものでも視点を変えれば、一方が表でもう一方が裏になる。

ある人に手の平を返したような態度を取られると、何やら気分が重くなる。が、よく考えるとその人物に変わりはない。本音と建て前、じつはけっこう人には裏も表もあるものなのかもしれない。それでも必ずやどこかで誰かに見られていると覚悟しなくては。

できるものなら、表も裏もない日常を送りたいものだ。

（二〇〇六・五）

台風

台風の季節が来た。

気象学の定義では、熱帯低気圧のうち最大風速34ノット以上で、赤道以北東経180度以西に進んだ場合に台風と称する。同じ熱帯低気圧でも大西洋のあたりではハリケーン、インド洋付近ではサイクロンと呼ばれる。

日本では、大昔は「野分《のわけ》」、明治以降「颶風《ぐふう》」と称され、台風と記載するようになったのは一九五六年以降だという。名称の由来は諸説あって、中国の大風（タイフン）からきたという説、ギリシャ神話の巨大な怪物テュポン（Typhon）が英語のtyphoonとなり、日本へ逆輸入されたという説もある。

昨年ニューオーリンズに大被害をもたらした、ハリケーン・カトリーナは記憶に新しいが、アメリカ合衆国ではハリケーンにABC順に名前をつけるのが習いだ。なぜか女性名がつけられ、日本でもカスリーン台風、キティ台風などが歴史に名を残している。一九四〇年代の米軍占領中の置き土産だ。

その後一九七九年に性差別をなくす意味で、男女の名を交互につけるようになったというが、日本では慣例として発生順に番号を付す。もしも日本名をつけたとしたら、桃太郎台風などというのはずいぶん暴れそうだし、静香台風などというのはひそやかに通り抜けそうだ。いずれにしても自分と同名の台風が上陸などすると、肩身が狭い思いをするだろうから、やっぱり台風は数字で呼ぶほうがいい。

（二〇〇六・九）

ファーストレディー

アメリカ合衆国第四十四代大統領に、バラク・オバマ氏が就任した。

白人以外の大統領が出たのは、アメリカの歴史始まって以来のことであり、二百万人とも二百五十万人ともいう人がホワイトハウス前を埋め尽くした。テレビの前で就任の模様を見守った人も、世界中に大勢いたことだろう。

歴代の大統領は、ミスター・プレジデントと呼ばれ、退任後もそう呼ばれ続ける。カーター、ブッシュ、クリントン、小ブッシュのミスター・プレジデントらが列席する中で、アフリカ系アメリカ人の大統領が誕生する様子は、アメリカの歴史の曲がり角を象徴しているように思えた。

大統領夫人はファーストレディーと呼ばれる。一八四九年あたりから使用された言葉だという。ちなみに、セカンドレディーは副大統領夫人を指す。ミッシェル夫人こそ、アメリカの歴史上初の黒人ファーストレディーだ。ホワイトハウス内に専用の執務室があるというが、報酬は支払われず、大統領に万一の場合があっても、権限の継承順位には登場しない。が、夫たる大統領を支える妻の役割以上に、アメリカという国を代表するファーストレディーとしての責務も大きい。

百年に一度の世界規模の厳しい経済情勢を、どう乗り切るか。就任演説を聴く聴衆の期待は大きく膨らむばかり。しばらくは期待とともに大統領夫妻のお手並み拝見といこう。

（二〇〇九・一）

文化の日

玄関に簀子《すのこ》が置いてある。段差が大きい場合など、靴を脱いだらいったん簀子に上がる。小中学校の頃は下駄箱の前にあって、目すき板と呼んでいた。

外国人が来訪する機会が多くなった。中にはかなりの日本通がいる。家に上がる際、靴を脱ぐのが当たり前の日本。最近は抵抗なく靴を脱いでくれるが、靴で簀子の上に上がり、そこで靴を脱ぐ人がいるかと思うと、地面で靴を脱いで汚れた靴下で上がってくる。日本通の外国人といえども、簀子は家の内なのか外なのか判別しがたいのだろう。

日本家屋の障子。閉めてあっても部屋は明るく、和紙が湿度調整の役割もしてくれ、空気や音を遮断することはない。扉を閉ざせば内部で何をしているかわからない洋間と違って、日本家屋は家全体に空気の流れがある。

西洋の石造りの家から強烈な日差しの屋外に出る感覚は、まさに黒から白へ反転するイメージであるが、日本家屋の場合は、間にグレーゾーンがある。かつて西洋史の先生からそう教えられた。どの家にも軒があり、光がさしているようでさしていない場所があり、縁側は家の中でもあり外でもあり、その中間ゾーンが人間生活に生かされている。

疑惑絡みの事件には黒白をつけるべきだが、中間色の部分は日本人に合っているように思う。これが文化だとしたら、畳も障子も、和室もない住宅が増える昨今、生活様式の変化が日本人の文化にどう反映されていくのだろう。

（二〇〇九・十二）

幸せを呼ぶ鳥

安曇野にコウノトリが飛来した。

コウノトリといえば、ヨーロッパでは赤ちゃんを運んでくる鳥といわれる。が、じつはドイツの国鳥でもあるコウノトリ科のシュバシコウが伝説の生みの親らしい。コウノトリは定住性があるがシュバシコウは渡り鳥だからという。

大型の鳥、白鷺《しらさぎ》や青鷺《あおさぎ》、鶴なども、日本では幸運の担い手として珍重される。松本市内でも、川の流れの中に佇む白い鳥を目にすることがある。目線は川底に生息する魚に釘付けのまま、微動だにせずそっと片足をもたげる。その一本足で立つ姿には、凛とした美しさがある。

幸せを呼ぶ鳥としては、「不苦労」とか「福籠」と字を当て、梟《ふくろう》が縁起のよい鳥とされる。いつかギリシャだったかどこか海外旅行のお土産で、カラフルなフクロウをもらった覚えがある。

どうして鳥が幸福をもたらすと考えるのか定説はないが、大空高く飛翔する姿に人間が大きな夢を託すのかもしれない。夢を追って幸福探しの旅に出たものの、見つけられずに帰宅したら、家の鳥かごの中の青い鳥こそが幸せをもたらす鳥だった。これはベルギー人のメーテルリンク作のチルチルとミチルの劇作。このモデルはキジバトだという。

どこにでもいる鳥こそ、じつは幸せをもたらしてくれる。考え方、視点を変えたら、何気ないところに大きな幸運が潜んでいるのかもしれない。

（二〇〇九・十二）

薔薇

バラは古代ギリシャローマ時代より香油の材料として利用されてきた。

美の女神アフロディテを象徴するものとして、一四八五年作ボッティチェリの「ヴィーナスの誕生」にも描かれている。

十六世紀シェークスピアの時代、ロミオとジュリエットの中で、「バラはどう呼ばれようとも、よい匂いがする」と表現される。

そして一九一三年に発表されたガートルード・スタインの詩は、言葉遊びともとれる抽象的な表現で、薔薇を詠った。A rose is a rose is a rose is a rose.

宮廷画家ルドゥーテの描く薔薇を鑑賞する。植物図鑑さながらの精緻な薔薇たちは、野生種の一重のバラから八重咲きの可憐なもの、あるいは牡丹のような百弁の大輪もあれば、色もピンク、赤、黄色、白と様々。中には実も描かれているものもあり、別名ドッグ・ローズは、根が狂犬病に効き、実《み》はソースにし、ローズヒップティーとして飲用されるという。

Blue rose（青いバラ）は、「あり得ないもの」不可能の例えだった。青色色素を持ち得ないので、実際に青い薔薇は存在しないはずだった。が、昨年ついにウィスキーで有名な会社が、パンジーから抽出した青色色素デルフィニジンを花弁に蓄積させることに成功した。遺伝子組み換え技術の賜物だという。

品種改良の長い歴史の中では快挙なのだろうが、薔薇はやはり赤かピンクがバラらしい。

（二〇一〇・三）

『長靴をはいた猫』

ヨーロッパに伝わる民話を十七世紀のフランス詩人シャルル・ペローがまとめたものの中に、『長靴をはいた猫』がある。十九世紀になり、ドイツのグリム兄弟がグリム童話にも収録した。寝物語に読んでもらったか、図書館から借りてきて自分で読んだのか、記憶は定かではないが、猫好きには深い印象を残している。

粉挽き職人の遺産として、長男には粉挽き小屋、次男にはロバ、そして三男には猫が一匹残される。嘆く三男に、猫は長靴と袋をくれといって、ウサギを捕獲して王様に献上する。その後も猫が知恵を働かせ、何もなかった三男に、お姫様と豪華な城を手に入れる幸せな運命をもたらすというもの。

日本ではアニメにもリメイクされているので、違ったかたちで知る人も多い。猫は家畜ほど役には立たないし、犬ほど存在を主張しないが、暮らしの中で家族の一員として共存している。

我が家に拾われた猫も、尻尾の曲がったどこにでもいそうな和猫で、だれにでも擦り寄る愛嬌もの。長靴ははいていないが、人の足音と声を聞き分け、まん丸な目と甘え声で餌をねだる。おかげで拾われた当初は狐顔だったが、いまはまるまると太って二重顎のパンダ顔になった。

柔らかな毛を撫でると、ごろごろ喉を鳴らす。猫を膝に抱く人間のほうがしばし幸せな気分に浸れる。お城やお姫様よりも、ささやかな和みをもたらしてくれる、何の変哲もない猫がいい。

（二〇一一・十）

密度

空模様が、雨から雪へと変わる。雨粒は冷たく頬を打ち、衣服を濡らすが、雪はふわふわとして、六角の結晶が美しい。同じH_2Oなのに、固体と液体とではまったく別ものだ。

水は、約4℃のときが一番重い。その理由は密度が最大だから。水素結合の度合いによるというが、分子の世界の話なので科学者にお任せする。全面結氷した湖の底には、約4℃の水が横たわっていることになる。

毎朝の冷え込みの厳しい冬に、うっかり不凍栓を閉め忘れたために、水道管が破裂した。水道が凍るなどということは、温暖な所で暮らす人にとっては、想像もできないだろう。

最近、外国からの観光客が増えている。乗鞍でスキーを楽しんだという家族連れは、真夏のオーストラリアからやってきた。寒さに震えながらも、オーストラリアにはないパウダー・スノウに、大満足したという。

今までいろいろな旅をして、思い出もいっぱいできた。時間がたつと記憶は薄れ、忘れてしまう。が、旅先で出会った人の親切や、困ったときに救われたことなどは、いつまでも覚えている。

ずいぶん昔だが、閉館間際に駆け込んだモスクワの博物館で、それまで出会ったロシア人ならもう閉館だと冷たくあしらうところを、年配の女性が親切にも閉じた鎖をもう一度開けてくれた。帰り際には、小窓から手も振ってくれ、いまだにその笑顔が忘れられない。

思い出も密度の濃いものであれば、記憶の底に深く刻まれる。

（二〇一四・二）

旨味

最近、外国人の観光客が多くなった。松本城の周辺では、いかにも欧米人らしい大柄で髪の色が黒くない旅行者が、大きな荷物を持って歩いている。そうかと思うと、見た目は日本人と変わりないが、言葉から中国系のアジア人であったりする。

日本食がユネスコの無形文化遺産に登録されてから、外国人も日本の食べ物に大いに関心を持ち始めた。それが追い風となって、日本酒にも目が向き始めたらしい。ふらりと外国人が酒蔵にやってきて、見学のあとお酒を試飲する。いろいろ味をみながら感想を述べたあと、この中でお燗して飲むなら、どれがよいか、などと質問してくる。

吟醸酒タイプの香り豊かなものは、その香りを楽しむ意味で冷やして飲むのをおすすめする。一般酒といわれる昔ながらの普通酒や本醸造酒なら、食事の間に飲むものとして、お燗もおすすめする。とはいえ、原則は飲む人の好みで冷温でも常温でも、好きなように飲んでもらえればよいが、同じお酒でも温度帯によって顔つきが変わるので、楽しみ方も広がる。食べるものとの相性もある。冷たいお刺身と燗酒の相性が絶妙な場合もあれば、揚げたての天婦羅ときりりと冷やした純米酒なども、相乗効果で料理もお酒もお互いを引き立てる。

今や料理人の間でも、出汁《だし》、旨味《うまみ》といった日本食ならではの言葉は、英語でもdashi、umamiといわれる。日本人の味覚の繊細さと食文化が、高く評価されている。

（二〇一五・五）

洋の東西を問わない

二〇一八年から二〇一九年にかけ、日本を訪れる外国人観光客、いわゆるインバウンドは三一〇〇万人を超えた。その後も増加の一途をたどっている。

松本城の近辺では、外国人の姿を見ない日はなかった。見た目だけではわからないアジア人も含め、見るからに日本人ではないとわかる金髪碧眼、あるいはエクストララージ・サイズのシャツを着た男性、もしくはまだ肌寒いというのに半袖Tシャツで平気な顔をしている若者。

年々増加している背景には、政府のビジット・ジャパン事業の成果もあろうが、日本の治安のよさ、四季折々の美しい風景、特異な伝統と歴史など魅力がたくさんあり、インターネットを通じて情報が手軽に入手できるからだろう。欧米人は、年齢にもよるが、得てして体力があるので、長い距離を平気で歩く。あるいは自転車で移動することに抵抗がない。松本駅から直線で四キロメートルほどの道のりを、徒歩か無料の貸自転車で来る人も多い。中には、距離にして三十キロメートルはある、わさび農場から自転車で来たとか、昨日は中山道を歩いてきたとか、信じられない行動範囲を持ち前の体力で楽しんでいる。

酒蔵の前の道が塩の道「千国《ちくに》街道」であり、天保十三年と刻まれた道祖神もある。藤森吉弥作の花嫁花婿の祝言像で、盃と提《ひさげ》を持っている。子供らがお祭りをして毎年色を塗り替える風習が伝わっていて、その来歴を説明すると、外国人はフムフムと耳を傾ける。

「ところで、もし独身でしたら、触るとご利益がありますよ」というと、みな嬉しそうに石に触っていく。お年寄りがふざけた様子で歩み寄り、周囲の人からやんややんやの喝さいを浴びる。あるいは「既婚者の私が触ったら、どうなるか?」などと手を伸ばし、奥さんにぐいと引っ張り戻される、お茶目な亭主族もいる。周囲には笑いの渦が巻く。

いずれも男女の恋愛話となると、洋の東西関係なく、みなが笑顔になり、その場がほぐれる。同じ効果は、清酒の試飲の場面。だれもが楽しそうに味わい、それぞれ感想を述べ合い、場が盛り上がる。「カンパーイ」などと杯を挙げて、笑顔で記念撮影が始まる。

おそらくその日の夕食に、日本食とともに日本酒が話題に上ることは間違いない。

(二〇一九・五)

インバウンド　陽気に乾杯

第3章 ― 夢を醸す

樽と桶

お祝い事では鏡開きをする。四斗樽の蓋を木槌で大きな掛け声とともに叩き割る。

安房トンネルが貫通したとき、工事関係者が岐阜県側と長野県側からそれぞれの地酒の四斗樽を用意し、貫通とともに鏡開きをして祝ったという。当時アルプス正宗の四斗樽の注文をいただき、納めたあとで貫通のお祝いに使ったと知らされた。

四斗といえば、一升瓶四十本分。これだけの量を飲み干す祝宴も少なくなって、最近は注文もまれになってしまった。上げ底で中身は二十本とか、十本分だけでよい、などといわれる場合もある。車社会だから仕方がないが、清酒を造っている側からすると寂しいかぎりだ。

昔、酒の仕込みには大きな木桶を使用した。「樽」と「桶」はどこが違うのか。どちらも容量は様々、大きいものから小さいものまであるが、きちんと密閉できる容器として使うのが樽。桶の場合は、蓋は上に置くか被せるだけで、樽のように遠距離を運ぶのには向いていない。従来鏡開きをしたあとの樽は、漬物を漬ける桶などに再利用されてきた。

酒の仕込みに使われた木桶ももう使われなくなって久しい。屋外にさらしておいたが、さすがに朽ち果ててきたので処分することにした。が、厚みが十センチもある真ん丸い底板は頑丈で、板と板は昔流に竹釘でしっかり繋いである。とても捨てがたかったので、屋外テーブルに変身させた。

日差しの温もりを吸い込んで、触るとふっくら温かい。

（二〇〇五・四）

一夜酒《ひとよざけ》

内陸性の気候は、冬と夏の較差、一日の寒暖の差が大きい。気温三十度を超える猛暑を過ごしていると、真冬には氷点下十度になったことなど忘れている。夏と冬で四十度以上の温度差を体感しているわりには、信州人は長寿である。

信州は冬の寒さを利用して造る「寒造り」で清酒を仕込むが、米洗いから始まって麹《こうじ》を造り、酒母、本仕込みと、一仕込みの清酒ができ上がるまでには一か月半から二か月はかかる。それが甘酒の場合、一夜でできるので別名「一夜酒」。酒は酒でもアルコール分はほとんどゼロだ。本格的な造りでは、通常の酒米より柔らかく蒸した米に米麹を加え、一晩一定の温度を保っておくと、麹の酵素の働きでデンプンが糖化する。同時に乳酸発酵も進むので、若干の酸味も加わる。

甘酒といえば寒い冬や春先に、温めて飲むのが普通に思われるが、江戸時代などは夏冷やして飲むのが習慣であった。ビタミン類や必須アミノ酸、ブドウ糖が多く含まれているので、手軽に栄養補給できる。夏の暑い時期に死亡率の高かった江戸時代は、夏バテ防止に最適と、辻に甘酒売りが多く出たという。

かくして俳句の世界では、夏の季語となった甘酒。成分が点滴とほぼ同じとなれば、弱った身体にも効き目がありそうだ。お盆が過ぎてもまだまだ残暑は厳しい。甘酒で体力回復を図りつつ、残りの夏を駆け抜けようか。

「御仏に昼供へけりひと夜酒」（蕪村）

（二〇〇六・八）

糀屋三左衛門

日本史の教科書にでも出てきそうな名前だが、聞いたことのない名だろう。

もちろん、これが株式会社糀屋三左衛門という、れっきとした社名であることは、取引のある者しか知らなくて当然だ。

酒造りにおいて、仕込み水も原料米も重要であるし、発酵のもととなる酵母も酒質の鍵を握っている。が、昔から「一麹《こうじ》、二酛《もと》、三造り」といわれるように、酒造りの工程のなかで、麹造りがかなり重要な要となる。

麹は蒸し米に種麹《たねこうじ》を撒き、真冬でも三十度近い麹室《こうじむろ》で一昼夜おいて麹菌が米の表面を覆いつくすのを待つ。この種麹は別名「もやし」

とも呼ばれ、清酒造りのみに用いられる。酒造りには、アスペルギルス・オリゼーという黄麹菌が昔から使われているが、その良質の種麹を作っているのが、創業は室町時代に遡るという糀屋三左衛門だ。

「糀屋三左衛門に電話して、もやし送ってもらえ」

酒造りが始まると、独特の言葉が蔵人《くらびと》たちの間で交わされる。職人の世界では、それが工事現場であれ、作業部屋であれ、独特の言い回しや業界用語、隠語などが飛び交って素人には理解できない。試桶《ため》や壷代《つぼだい》といった道具の名前から、暖気《だき》を入れるだの、尺を採れといった作業指示まで、酒造りの歴史とともに生まれた言葉が、蔵内に活気を呼び起こす。寒造りの始まりだ。

（二〇〇六・十二）

配達

配達という言葉を聞いて、何を連想するだろうか。

新聞配達、牛乳配達、あるいは郵便配達。さかのぼればハードボイルド作家ジェイムズ・M・ケインの『郵便配達は二度ベルを鳴らす』は、別段郵便配達が出てくるわけではなかったが、世に一石を投じた小説であり、映画化されて話題を呼んだ。

現代の世の中では、宅配が便利に利用され、どこへ行くにも手ぶらで行かれるようになった。重い荷物は先に送ってしまえばいいし、お土産も重ければ宅配で送れば身軽だ。

昔、清酒がまだ樽に入れられて小売屋さんの店頭を飾っていた頃は、造り酒屋から荷馬車で出荷されていった。専属の馬方がいて、馬は定期的に同じ道をたどってお得意さまへ酒樽を届ける。おかげで馬方が居眠りしていても、お得意さんの前に来ると馬がちゃんと止まってくれたという。

それが大正時代になると、リヤカーのような車が登場して、自転車で酒樽が運ばれるようになる。古い写真を見ると、ハンチング帽をかぶった若い配達夫が誇らしげに自転車にまたがっている。そんな時代もまた自動車に取って代わられる。前輪は普通のタイヤながら後輪は大八車そのままという、不思議な自動車の写真もある。重い荷物に耐えられるだけのタイヤがなかった時代の産物。

いずれにせよ、商品を消費者へ届けるのが配達の仕事。生産者と消費者とを結ぶ大切な仕事でもある。

（二〇〇七・十）

麹室

アルプスの峰は早くも白い衣をまとっている。いよいよ酒造りの季節が巡ってきた。

酒造りの基本は「一麹《こうじ》、二酛《もと》、三造り」というように、麹造りがまず最初の段階で重要なポイントとなる。外気温が零下でも、麹室《こうじむろ》の中は室温三十度以上を保ち、湿度調節しながら純良な麹を造る。

創業以来、昔ながらの麹室を長年使ってきた。外壁には赤レンガをイギリス積みし、中は板壁。床と天井、そして四方の板壁とレンガの半間ほどの空間には、籾殻《もみがら》がぎっしり詰まっていた。断熱材という便利なものがなかった時代の産物だ。

さすがに板壁の隙間から籾殻が落ちるようになり、老朽化が激しいので思い切って夏に改修工事をすることにした。かき出せど、かき出せど、なかなか減らない籾殻は、とうとう畑に小山ができるほどの量が出てきた。軽井沢の明治期創業の老舗ホテルの改修工事でも、やはり籾殻が断熱材代わりに使われていた、と工事人が証言をする。

リサイクルが叫ばれる昨今だが、稲作が行われてきた日本では、刈り取った藁を始め、籾殻から糠まで余すところなく利用されてきた。仕込まれた原料米は、清酒を搾ったあとは酒粕としておいしい漬物を生み出す。まさに捨てるところがない。かき出された籾殻は、今度はブルーベリー畑のマルチに使おうか。

完成した麹室の前で醸造祈願神事を執り行い、酒造りが開始される。

（二〇〇七・十二）

師走

今年もあと一か月。十二月を迎えるたびに、この一年をそっと振り返る。もっとやることがあったはずだ、たいした足跡も残せずにここまできてしまった、と無念な思いや物足りなさにさいなまれる。

蔵の中では、原料米を洗い、浸漬《しんせき》し、蒸し上げる作業が連日繰り広げられる。洗った米の白さ、水を吸った神聖な香り、そして白く立ち上る蒸気。冬の風物詩が展開していく。

日本酒の消費量は昭和四十年代後半にピークを迎えた。その頃の蔵人らは、小谷《おたり》村から大勢やってきて、蔵内に寝泊りをして酒造りに精を出した。晩秋に入場してまずは自分らが使用する炭を焼き、草鞋《わらじ》を編んだ。草鞋といっても、爪先半分しかないもので、蔵のなかでは踵をつけずに走って作業をしたという。

　蔵人を受け入れる側は、それまでにお菜洗いをして、ひと冬分の漬物（野沢菜漬）を用意しておく。さらに全員の寝具を整えておく。そんな裏方仕事は女の役割で、標準的には掛け布団二枚、敷布団一枚。十五人もくれば、布団は合計四十五枚にもなる。現代の羽毛布団にくらべれば、綿の入った布団はとても重かった。

　当時、布団の繕いをしていると、必ず猫がやってきて、目の前に陣取って邪魔をしたという。今は、新聞を読んでいると、やっぱり猫がやってきて邪魔をする。昔も今も猫の性格は変わらない。猫の手も借りたいほど活気のある師走は、暮れ落ちる日のように早々に過ぎていく。


（二〇一〇・十二）

懐中日記帳

老朽化した麹室を改修したときのことだった。

天井裏から古い日記帳が出てきた。「明治三十八年懐中日記帳」と書かれていて、信濃国松本町の亀井条次郎《くめじろう》の名が記されている。曽祖父の父親で、酒造業の基礎を築き上げた人物だ。

果たして何が書いてあるのやらとめくってみれば、ほとんどが入出金の覚書きで、行動の記録ではない。懐中とわざわざ銘打つだけあって、いかにも着物の懐《ふところ》にすっぽり入りそうな大きさだ。

天然繊維でできている和紙は何年たっても破れることなく、墨も黒々としている。昔の人は物を大事にする習慣から、不要な帳簿類も焼却せずにばらして紙縒《こよ》りの材料にするか、畳の下の湿気取りなどに再利用した。

インターネットが普及した現代では、ブログやツイッターを日記代わりにする人もいる。しかし、それはあくまでも誰かが読むことを前提として書かれている。読まれることを覚悟で書く日記には、赤裸々な告白は書けないし、多少の虚飾や都合のよい言い訳も盛り込まれがちだ。むしろ人に伝えたい情報を発信するための手段になっている。

そういえば昔は鍵のかかる日記帳があった。心の中を吐露した日記帳は、決して人の目には触れてほしくないもの。あるいは特定の二人だけが読む交換日記なんてものもあった。

時代の流れとともに、日記帳も姿形を変えて、人の心の中を十人十色に描き出す。

（二〇一一・五）

雨の音

雨が降っている。

雨音は時にはしとしとと、胸に沁みる優しい音色を響かせる。大地を潤し、植物に元気を与え、作物を育てる。

心持ちによっては寂しく、あるいは悲しく聞こえ、伝い落ちる雨粒は涙のようにも見える。

同じ雨降りでも大風を伴う暴風雨は、自然の脅威を人間に思い知らせ、情け容赦なく叩きつける。木の葉や枝までも舞い落ち、空飛ぶ鳥たちも息を潜めてどこかに避難している。

優しく降る雨も、激しく吹きつける雨も、地表を流れて川からやがて海へと流れ下る。が、それ以上に地面に浸透して、豊かな地下水となる。安曇野市では最近地下水を汲み上げすぎたせいか、ワサビ田の湧水量が減り、畑の水位が低下しているという。

造り酒屋は昔から水の恩恵を受けている。水は酒造りの命でもあるので、水質が重要な役割を果たす。長野県は水資源に恵まれ、良質な軟水が各地で採取できる。おかげで全国の中でも酒蔵がたくさんある県の一つ。

軟水は日本人の口に合い、お茶やだし汁に最適で、煮物など味がよく染みる。ヨーロッパ産の硬水などは、灰汁《あく》だしにはよいが、お米を炊くと硬くなってしまうという。

酒造りにおいては、軟水は発酵を穏やかに進ませ、仕上がりもなめらかに調和する。豊かな水資源にあらためて感謝するとともに、これからも大切に守っていかなければ。

コップ一杯の水が急に何やら愛おしい。

（二〇一二・五）

夜食膳

寒造りの酒蔵の中は、ほんのり新酒の香りが漂っている。

発酵が進むタンクの中では、酵母の働きと麹《こうじ》の酵素の作用で、並行複発酵が進んでゆく。アルコールと二酸化炭素が生成されるが、どちらも目に見えるものではない。が、二酸化炭素は泡となって液面に広がる。蔵人《くらびと》は昔から泡面《あわづら》を注視して、発酵状況の判断材料の一つとした。アルコール分は分析値が如実に語ってくれる。

米を蒸す際に使う甑《こしき》は、本仕込みが終わるとほぼ使用しなくなる。仕込み作業がひと段落するので、「甑揚げ」のお祝いをする。あるいは新酒が搾れると「新酒揚げ」、すべての造り作業が終わると皆造《かいぞう》となり、蔵人を労《ねぎら》う意味で、その折々にお祝いをしたものである。

昔使った朱塗りの膳がある。本膳、二の膳、夜食膳と称する三の膳まである。日頃は箱膳から箸と茶碗、御椀を出して食事をし、終わると箱膳にしまう。味噌汁、漬物、あとはおかずが一品、そんな質素な食事に比較すれば、三の膳までついた祝いの席は、全員が満面の笑みを浮かべて酒宴を楽しんだことだろう。

日本経済が上り坂であった時代は、瓶詰め作業などが受注に間に合わず、よく夜業《やぎょう》をした。いわば社員全員での残業。今夜は夜業だとなると、賄いを任されている女たちは、せっせとごま塩むすびを夜食として用意した。

全員が一丸となって一つの方向に突き進んでいたあの時代は、明るい未来が待っていると確信が持てた。

（二〇一三・二）

囲炉裏端

昔の蔵人たちは、小谷《おたり》村などの雪深い所からの出稼ぎで、晩秋から春まで泊まり込みで酒造りにいそしんだ。入場するとまず、自分らが使う炭を焼き、蔵内で着用する草鞋《わらじ》を編む。ほとんど小走り状態なので、かかとの部分がない小さなものだったという。

米を蒸す係は釜屋と呼ばれ、早朝三時から釜焚きの仕事をする。燃料は薪から石炭へ、やがて重油へと変わり、今ではボイラーのおかげで、スイッチ一つで蒸気が供給される。

水や湯を運ぶにしても、昔は試桶《ため》という約一斗入る桶を肩に担いで運んだ。上手にバランスを取らないと、水が身体にかかってつらい思いをしたという。現代《いま》ではタンクとタンクをホースで繋げば、ポンプがこれまたスイッチ一つで液体の移動を完了してくれる。

技術の進歩で作業能率は上がり、人間はずいぶん楽になった。が、原始生物の酵母は人間の都合とは関係なく、ひたすら並行複発酵を繰り広げる。人間はいわば酵母の住みよい環境を整えるのが、一番の仕事。

仕事を終えて、蔵人らは囲炉裏端でくつろぐ。口をついて出る言葉には、故郷の訛りが色濃くにじみ、家族の話や若い頃の思い出話に溢れていた。今や囲炉裏もなければ、訛りも聞かれなくなったが、新酒が搾れると、蔵の中には華やいだ香りが漂う。

囲炉裏端であれ、テレビの前であれ、新酒を口に含む蔵人らの満足そうな顔つきには、あまり時代の変化は感じられない。

（二〇一四・二）

帆《ほ》前掛けとハンチング

古い写真がある。精米作業をする若者二人。一人はハンチング帽をかぶり、もう一人は首に手拭い、筒袖の法被《はっぴ》に帆《ほ》前掛け。もう一枚別の写真では、旧式のトラックの前で、男たちは法被に長い前掛け、全員がハンチングか麦藁帽をかぶっている。自動車がまだ珍しかった昭和初期。背広姿にカンカン帽は、私の祖父。得意げな顔に見えるのは、荷馬車で酒樽を運んでいた当時、これからは自動車で配達する時代が到来するぞ、と明るい未来を思い描いているからだろう。

前掛けは作業着の一部で、一升瓶が十本入った木箱は重く、高く積み上げるときはいったん膝で受けて反動で持ち上げる。丈夫な帆布でできた前掛けは、太ももや膝の部分の着物が擦れ、鍵裂きにならないように守っていた。膝下までの長い前掛けは、ものを担ぐ際に肩にあてがうこともできる。

最近は帆前掛け製の手提げ袋が流行りで、若者がレトロな雰囲気を面白がる。あるいは中高年がガーデニングに便利と買い求めていく。円安のせいか外国の観光客が増えだした。最近は西洋人も日本酒への関心が高く、質問の内容もずいぶん変わった。並んだ試飲用のお酒を指さして、お燗に向いているものはどれか、などと聞いてくる。

時代とともに着衣も変われば、ものに対する価値観も変わる。されど日本酒造りは、基本的には変わっていない。翻弄されることなく時代の流れに乗っていかれたら幸いなり。

（二〇一四・十二）

枡

お祝いに鏡開きをする。掛け声とともに樽に木槌を振り下ろす。あとは柄杓で樽酒を枡に注ぎ、乾杯をする。

正方形の枡に口をつけて飲むときは、当然のことながら角の部分から液体が流れるようにする。それを知らない若者が、平らな辺に口をつけて、両側からお酒をこぼして笑われる。それもお祭りや祝い事の楽しい場面。

昔は計量器として枡は各家庭にあったはずである。一升枡か一合枡は、毎日米をはかるのにかかせなかった。が、今ではプラスチック製のカップを使用する。おまけに二〇〇ccが主流。一合が一八〇ミリリットルであることは、酒屋の業界では常識であるが、実物の枡を見る機会が少なくなった現代では、一升や一斗がピンとこない。

ビールの業界では大瓶が六三三ミリリットル、小瓶に至っては三三四ミリリットルと、半端な容量で流通している。昭和十五年の新酒税法の制定の際、当時のビール瓶の一番少ないものが三・五一合だったので、その容量を採用したとのこと。今や三五〇か五〇〇ミリリットルの缶の流通量がダントツに多い。

時代とともに、生活様式が変わってきた。取り扱われるものが様変わりし、様々なものの価値もまた変遷する。

パソコンの記憶容量がメガからギガバイトへと厖大《ぼうだい》化していく。飛び交う情報量の多さに翻弄されることなく、人の幸せや心の満足をはかる枡の大きさは、昔のままでいてほしい。

（二〇一五・一）

年の瀬

「始まりは四本足、そのあと二本足、最後三本足になるもの、なあに」

なぞなぞの答えは、這い這いする赤ちゃんから、杖を突く老人をさして、人間。

この年末にぎっくり腰をやって、まさに三本足になってしまった。年の瀬の繁忙期にがんばりすぎたか、寄る年波か、周囲の人間に迷惑をかけている。

明治大正から昭和の中期頃まで、酒屋の商売は掛売りが中心だったため、年末は掛取りが最大の仕事であった。盆暮れ勘定という通り、年末には酒の出荷だけでなく、集金業務に追われた。

今は銀行振り込み中心で、集金の場合も現金か小切手。もはや手形もなくなり、支払い期日も一か月か二か月以内が主流となり、お金の流れは速くなった。

長い歴史を見れば日本は高度成長を遂げ、その後も安定成長を続けた。が、バブル崩壊、リーマンショックと試練があり、ここ何年か続くデフレからなかなか脱却できないでいる。

今年二〇一六年は「驚天動地」の年といわれた。予想に大きく反して、イギリスはEUから脱却。アメリカでは初の女性大統領は生まれずに、不動産王のトランプ氏が当選した。お隣の韓国では朴大統領が弾劾の崖っぷちにいる。

海外の大きなうねりが日本にどう影響をもたらすのか。酉《とり》はお酒と縁もある。酉年は「運気もお客も取り込める」といわれ、商売繁盛に繋がる年だとか。二本の足で大地をしっかりつかみ、夜明けを告げる鶏のように、よい年となることを願うばかり。（二〇一六・十二）

大正時代の配達風景

自動車初購入　昭和初期

第4章 ― 大吟醸物語

雪原のカラス

雪の消え残った田んぼに、カラスが舞い降りている。何かおいしいものでもあるのか、ゆっくり地面をつついている。

その向こうには真白く雪を頂いたアルプスの山々が、青い空を背に遠く佇んでいる。

どこかで見た映画のワンシーンか、墨絵にでもなりそうな場面だ。

毎朝せがまれて、犬を酒蔵の裏手の田んぼへ連れて行く。先頭を行くのは元気いっぱい駆け回る、長い脚のラブラドールだ。飼い主の後ろを短い足のミニダックスがのそのそと仕方なくついてくる。

毎朝のことながら、足長には暴走しないように目を光らせ、胴長にはもっと早く歩きなさいと叱咤激励する。カラスを見つけると、ラブラドールは一直線に田んぼを横切っていく。が、あと一、二メートルというところで、必ずカラスに逃げられる。

悔しそうに空を見上げて、黒ラブはしばらく動かない。赤いバンダナをしてちゃんとおすわりをしていると、まるでよだれかけをしたお地蔵さんのようだ。

しびれを切らした飼い主が帰ろうよと声をかけても、まだお地蔵さんを決め込んでいる。仕方なく連れ戻しに行くと、あと一、二メートルというところで、だっと駆け出して飼い主より先に家へと戻っていく。

ミニダックスは歩き疲れたとだだをこねる。上目使いに見上げる犬をよいしょと抱えて歩く人間を、電線に止まったカラスがせせら笑う。


（二〇〇五・二）

胸当てとバンダナ

我が家のでこぼこコンビも、もう四年目を迎えている。

短足胴長の小柄な身体ながら、知らない人が来ると大きな声で吠え、一人前に番犬の仕事をこなしているダックスフントだが、困ったことに散歩に出ると、雨上がりなどは泥だらけになってしまう。夏草の茂みに迷い込もうなら、草の実の水玉模様で帰ってくる。

そこで、リサイクル、リユースが盛んに叫ばれる昨今、スーパーのレジ袋で胸当てをして出かけることにした。手提げの輪がちょうど首かけになる。通信販売では犬用のレインコートや服まで売られているが、ブランド品よりも歩くたびにシャカシャカ音がするレジ袋を気に入っている。

脚の長い黒ラブはというと、近頃はもっぱらボール遊びに夢中。夕刻になると、ボールのしまってある棚の前に座って、恨めしげな目配せで催促する。下校途中の中学生が一緒に遊んでくれることもあれば、「吟ちゃんいますか」と小学生の女の子が訪ねてくることもある。

ラブラドールは身体が大きいというだけで、小さな子供に泣かれてしまう。優しい性格だが、真っ黒な大きな身体が疾走する様は、犬になじみのない人にとっては恐怖を感じるのかもしれない。印象を和らげようと、バンダナを首に巻いている。

いまや十枚以上の衣裳持ちで、先週はサムライブルー、今週はサニーレッドと、おしゃれを楽しんでいる。

（二〇〇六・七）

非売品

世の中にはいろいろな商品が店頭に並んでいる。

衣料品から食品、住環境を整えるものから、嗜好品、あるいは形として手で触れない様々なサービス。消費者の要求は近年とみに厳しくなるばかり。鮮度のよいもの、安心できるもの、見栄えのするもの、センスのよいもの、得するもの。あらゆるニーズに応えようと、売り手あるいは供給する側は大変な努力と知恵で対応する。

時々お客さんが賑わっていると、我が家のダックスフントは、短い足でとぼとぼと店頭に出てきてごろんと横になる。すると必ずや犬好きの人間が目ざとく見つけて、撫でたり、かわいいとお世辞を言ってくれる。中には年齢はいくつか、オスかメスかと尋ねるついでに、自分の犬の自慢話をしていく人もいる。犬は神妙な顔をしながら、ちやほやされるのがまんざらいやではないふうだ。

冗談で「これはおいくらですか」と尋ねるお客さんがいた。どう見ても鮮度は悪く、機嫌の悪いときなど鼻じわを寄せて怒るし、脚の長さからいうと見栄えが悪い。商品価値という点では、とても売り物にはならない。が、飼っている人間にとっては、短足胴長が何ともかわいいし、文句をいうところがまた愛らしい。いつの間にか、かけがえのない存在になっている。

「非売品です」と答える飼い主の気持ちを、犬のほうはどこまでわかっているのだろうか。

（二〇〇六・四）

ブルーベリー

ブルーベリーの苗を植えて三年目。念願の収穫を迎えた。

去年までは白いかわいい花を無残に摘み取って、樹を育てた。摘み取りながらこの花が全部実になることを夢見ていた。

今年は夢が叶って、七月初旬から摘み取りが始まった。実がたくさんついた房は、葡萄のように房全体が熟していくのではなく、薄い赤紫から濃い青紫へと、一粒ごとに熟し方が違う。枝の先に一つ、奥のほうに一つ、目の前にあるかと思うと、地面すれすれの低い位置にもある。膝の屈伸運動をするようなもので、おかげで膝が悲鳴を上げている。

ブルーベリーを植えたきっかけは、ブルーベリーに生きがいを見出した女性の話を聞いて、それなら私もと始めてみたものの、農業に縁のない素人の無謀な試みに、隣近所の人々がいろいろ心配やアドバイスをしてくれた。

自家受粉では実を結ばないので、交雑受粉は蜜蜂に頼ることとなり、養蜂家にお願いして巣箱を設置してもらった。品種は様々、ブルークロップ、ブルーヘブン、ブリジッタにビック・ダロウ、大粒のチャンドラーに最晩生のエリオット。

朝寝坊していると、犬が早く畑へ連れて行けと催促をする。いろいろな人にお世話になった結果、毎朝カッコウの声を聞きながら、ムクドリと競争で収穫できるまでになった。

「結果」という言葉の意味をかみしめながら、ひと粒ひと粒ブルーベリーを摘む。

（二〇〇七・七）

シャープとフラット

ピアノの鍵盤には白鍵と黒鍵がある。ドの♯（シャープ）はドの鍵盤から半音上がった黒鍵。レの♭（フラット）はレの白盤から半音下がった黒い鍵盤をたたく。

同じ黒鍵なのに、なぜシャープとフラットがあるのか。それは曲調に長調と短調がある通り、音色にも微妙な明暗があるからだ。おそらく音階を一本の線に例えれば、シャープとフラットでは半音より少し高めであったり、低めであったりするのだろう。声楽家や弦楽器であれば、その微妙なニュアンスを表現できる。

物悲しい旋律が、一転明るく希望に満ちた調べに変わるのが、転調。

暗い話題ばかりの世の中で、オリンピック選手の頑張る様子や入賞の知らせで、気持が明るいほうへ向かっていく。勝者の目に浮かぶ涙は、まさに長く苦しい練習が感無量の喜びへと変わる瞬間だ。

長年一緒に暮らしていると、犬の心の動きが読み取れる。散歩するときの目の色はまさにハ長調。犬好きの人に甘えるときは、変ロ長調だろうか。時にはうるさく吠えて叱られる。とたんに尻尾を垂れ、人の顔色を窺いながら縮こまるのは、ホ短調か嬰へ短調。

犬の気持ちはころころ転調する。「ごはんよ」の一言で、世の中すべてがバラ色になり、大好きなボールと戯れるときは喜色満面。さて、人間も気分を変えるスイッチを自分なりに体得しておくと、元気を回復するのに役に立つ。

（二〇一〇・二）

Dog's Life

英語の辞書によると、Dog's Life（犬の暮らし）とは、惨めな生活という意味だ。

おそらくは羊を誘導する牧羊犬や、狩りで獲物を追いたてる狩猟犬、あるいは寒い冬に重い荷物を引っ張る犬橇《ぞり》など、人間のために働く犬の暮らしからきているのだろう。

それとも野良犬の、空腹を抱えて風雨に凍える路上生活をさすのだろうか。

人間のために働く動物は、かつては牛馬が身近にいた。農耕馬もいれば荷車を引く馬。羊はその羊毛をとるために飼われていたし、牛や山羊はその乳が食卓を賑わし、鶏はせっせと卵を産んでくれた。

子供の頃、休みの間は数羽の鶏に餌をやって、卵を回収するお手伝いをした。産みたての卵はほんのり温かかったのを憶えている。すべての家畜は人間の生活の糧となってくれていた。

今や犬は家畜ではなく、愛玩動物として人間と暮らしている。我が家のDog's Lifeはどう見ても惨めというより、贅沢極まりない生活に見える。お腹が空けばフードをもらい、眠いと思えば冬はストーブの前で、夏は涼風の通るところでごろ寝。お客さんが来れば尻尾を振って甘え、犬好きには撫でてもらえる。

はたしてどの程度人間に貢献しているのか定かではないが、人間の愚痴を黙って聞き、つぶらな瞳で言葉を理解したかのように見つめ返してくる。「それはそれで、けっこう大変なんだよ」と言いたいのかもしれない。

（二〇一〇・四）

トリオ

その猫は、体重六〇〇グラム弱、目やにがいっぱいで、歩き方もよたよただった。

縁あって我が家に来たものの、先住民の犬どもが許すはずがない。散歩の途中で猫を見つけようものなら、獲物とばかりに必死で追いかけるラブラドール。年老いて歩くのが苦手なダックスとても、猫に対してだけは敵対心をむきだしにする。

掌サイズの猫を見たそれぞれの反応は、異物を見るように横目で避けて通るか、とりあえず耳をちょっと噛んでみて、相手の出方を待つ作戦に出た。が、猫のほうは誰かに寄り添いたい一心で、近寄ってては甘えて鳴く。

獣医さんに診てもらって、目やにと鼻水が治ったとたんに、日に日に太り、高い所へジャンプするやら、視界の端から突然走り出てどこかへ消える。かと思うと、丸めた紙やキャップ、その他なんでも玩具にして一人サッカーに打ち興じる。その中には、尻尾も仲間入りして、我が家の犬どもは尻尾を安易に振ると猫が釣れる境遇となった。

猫に愛情が移ったかと僻《ひが》まれても困るので、猫の見張り番をさせて、居場所を教えたらほめてやることにした。おかげで「大ちゃんはどこ」と犬たちに尋ねると、嗅覚を駆使して猫を探すようになった。

『三匹荒野を行く』の主人公らも、確かラブラドールと老犬と猫だった。我が家の「大・吟・醸」トリオは、エアコンの効いた部屋でのうのうと寝る毎日だ。

（二〇一〇・八）

キャッツアイ

猫の目は太陽光の下では、縦長に細くなる。

クリソベリルやアレクサンドライトと呼ばれる宝石には、光の加減で石を二分するような光の帯が現れることがある。それをキャッツアイ効果というのだそうだ。希少価値があるために、色や鮮明度によっては大変高価な値がつく。

我が家に猫がやってきて二か月半たった。いまや食べ盛りのやんちゃ坊主となって、移動するときは常に全速力で走り、興味津々何にでもじゃれついて、机の上のものは全部落としてしまう始末。体重も十分に増え、今では老犬のダックスフントに相撲を仕掛けるまでになった。

そのやんちゃぶりに犬は閉口ぎみで、不機嫌そうにうなり声を上げるが、子猫はそんなことでひるみはしない。尻尾にじゃれてみたり、背中を飛び越えたりと、もっぱら遊び相手と思っている。そんなときの猫の目は、まさに◎（二重丸）。開き切った眼の中で、好奇心が踊っている。

が、急に静かになったと思うと、丸くなって寝息を立てている。少し肌寒い夜などは、老犬のお腹にもぐりこむようにして寝る。母猫と間違えているのだろうか。雄の老犬は困ったなという顔をして、飼い主を見上げる。

ラブラドールはもっぱら監視役に徹して、猫の行動を見守っている。その黒い目にも、家族の一員への優しさが浮かんでいる。高価な宝石よりも、多くを物語る目のほうが暮らしを豊かにしてくれる。

（二〇一〇・十）

愛醸

十三年前、その犬とは、ペットショップの店頭で出会った。我が家にやってきて、酒蔵らしい名を付けられ、来る人来る人に愛嬌をふりまき、短足胴長とかわいがられ、寒い日には日向ぼっこかストーブの前で丸くなり、あげくのはてに人間の布団にもぐりこむ。図体のでかい弟犬の世話を焼き、最近はやんちゃ猫に懐かれて迷惑な日々を送る。

年はとっても元気だったのに、ヘルニアの手術をしたおかげで、術後の経過が思わしくなく、突然、ひとりで逝ってしまった。

仕事に追われて、わずかな暇に様子を見ると、ケイジの中で犬は虚空を見つめたまま横たわっていた。そのままむっくり起きてきそうな様子だったが、息遣いがない。身体は温かく、もしやと全身をマッサージしながら、名前を呼ぶ。何度も呼ぶ。名前を呼べば、行きかけた道を戻ってきてくれるのでは、とはかない希望にすがって、ただ名前を呼び続けた。

もしかして人間の都合だけで、手術を受けさせたのではなかったか。もっとほかの手立てはなかったのか。余分な苦痛を味わわせたのではなかったか。悲しみが胸の奥をえぐる。

子猫が無邪気に、遊ぼう遊ぼうと、命の火の消えた犬にじゃれつく。黒ラブまで何があったの、と中を覗き込む。

忙しい日々の中、常に横にいて、目が合うと嬉しそうに尻尾を振ってくれた。一緒にいるだけで疲れた人間の心を癒してくれた。長い間ありがとうね。

（二〇一〇・十二）

パブロフの犬

長い間飼っていたミニダックスに死なれてから、一年以上がたった。

残された人間も、弟分のラブラドールも、同じ犬種を見るたびにいまだに死んだ犬を思い出す。散歩途中で出会うと、柴犬とは相性が悪いらしくけんか腰になるのに、ミニダックスに出会ったときは、甘えるような声を出して尻尾をさかんに振る。

運動をたくさんしたあとは、ゆで卵で栄養補給をするといい。人づてにそんな話を聞くと、家族がそれぞれ卵を買ってきた。おかげで冷蔵庫に卵が入り切らなくなり、毎朝散歩のあと、犬はゆで卵を一つご馳走になることになった。それが夕食どきでも、卵の殻を剥き始めると、犬は目を輝かせ、よだれが止まらなくなる。

梅干を連想すると、急に口の中に唾液がたまるように、経験などを通じて後天的に獲得された反射行動を条件反射といい、生理学・医学の分野でノーベル賞を受賞したイワン・パブロフの、犬を使った実験がよく知られている。ベルを鳴らしてから餌を与えることを繰り返すうちに、犬は餌がなくてもベルの音を聞いただけで、唾液を出すようになった。

散歩から帰ると、今日の出来事を報告するのか、犬は猫に必ず冷たい鼻を押し付ける。猫は猫で、犬の顔に軽く手をかけ、じゃれるような動作をして応じる。毎日の習慣が、お互いを相棒と認めることになったのか。

毎日の生活の中に、小さな幸せが存在する。

（二〇一一・十二）

猫の手

忙しさが立て込んでくると、猫の手も借りたくなる。

確かに、猫の手はアルファベットのJのようにしなやかに曲がり、爪の出し加減で物を引き寄せたり、捕まえたりすることができる。日頃から爪を磨いだり、舌で念入りに舐めたりと、手入れにも余念がない。

我が家の猫は、人間の歓心を買いたいときには、これ見よがしに机に乗り込み、ボールペンなりテレビのリモコンなりを、じゃれるふりをして手で落とす。落としておいて、人間がどうでるか反応を見る。存在をアピールしている様子は、小さな子供が親の目を自分に向けたがるのに似ている。

猫はネズミを捕るのが本来の仕事なのだろうが、同じネコ科でも、百獣の王のライオンは、狩りをするのはもっぱら雌だけだという。たてがみも立派な雄はごろごろ昼寝をしていて、雌が苦労して捕獲した餌を横取りする。そういえば我が家の雄猫もよく食べて、よく寝ているな、と思っていたら、小さなネズミを捕ってきた。

さんざんじゃれ遊んで、獲物を人間に見せつける。その動きを見ていると、確かに猫の手は器用な動きをする。猫本来の仕事をしたのでほめてやると、ごろごろと満足そうに喉を鳴らした。

それを見ていたラブラドールが、こん棒のような黒い手を突き出して、「僕の手はどうだ」と、求められてもいないのに「お手」をする。残念ながら、棒に当たることはあっても、借りることはなさそうだ。

（二〇一三・十二）

帰還

飼い猫が泥まみれで帰ってきた。

目をぎらぎらさせ、身体を低く保ちながら、あたりを見回しては隠れる場所を探している。椅子の下にもぐったかと思うと、突然食卓の上に飛び乗る。

あたりは泥の足跡がいっぱいだ。人間は追いかけて捕まえようとするが、猫は怯えてするりと身をかわして逃げる。追いかけっこの末に、ようやく抱きかかえられた。

手足はもちろん、背中から頭の上まで泥だらけ。まるで泥沼でレスリングでもしてきたかのようだ。ライバルと一戦交えてきたのか。それとも猫族以外の動物に追われて、必死にジャンプしたつもりが、泥の川にでも填《はま》ったのか。

泥まみれの猫に尋ねても、何があったのか語ってはくれない。兎に角、必死で我が家に戻ってきたらしい。

恐ろしい思いをすると、しばし言葉が出てこないのは人間も同じこと。いじめにあったものも、得てして口をつぐむ。しばし無言で悔しさを噛み殺すのみ。

帰還できる場所さえあれば、何とか帰ってくることができれば、そして温かく迎えられれば、傷ついた身体と心はやがて癒されていく。

全身をタオルでふいてやると、やっと落ち着きを取り戻し、猫は毛づくろいを始めた。萎縮していた身体が、いつものふわふわのかたまりへと戻っていく。

ホーム、スイート・ホーム。あばら家であっても、我が家にまさるものなし。帰りを待つ人、帰りたいと願う人。どちらの願いも叶うことを祈る。

（二〇一五・二）

新入り

春は新たな出会いのときでもある。

新入りは、ちやほやされるか、のけものにされるか。集団に溶け込むまではたいへん苦労をする。集団、組織というものには、それまでに培われた独特の習慣や暗黙の了解のような精神風土があって、外から来たものにはそれを理解し、感じ取ることが難しい。ちやほやもてはやされたかと思うと、知らないうちに暗黙のルールを破って、急に冷たくあしらわれたりする。

新入りを受け入れる側からすると、ふいに異質なものが入ってきて、それまでの空気をかき混ぜる。淀んだ空気にとってはそれがとても刺激的であり、また平穏な雰囲気であった場合にはわずらわしくもあり、なじんで落ち着くまでには若干の時間がいる。

さて、我が家に乱入してきた新入りは、冒険に満ちた日々を送っている。最近老いをにじませるラブラドール犬は、新入りのウィペットが周囲の人間にかわいいかわいいと言われるのが気に食わないようで、距離をおいて眺めている。猫は猫でこわごわ高みの見物を決めこんでいたが、新入りのほうはお構いなしに遊び相手になってくれと追いかける。最近一緒に丸くなって寝るまでになってきた。

子犬にしてみれば、突然家族と別れて、見ず知らずの場所で暮らす。身体をぶるぶる震わせるのは、花冷えの寒さばかりでなく、不安や怯えからだろう。猫に寄りそう無防備な寝顔に、ようやく新天地になじんできた気配がにじむ。


（二〇一五・四）

甘雨

雨が大地を潤している。植物の成長のためにはなくてはならない雨。五月に真夏日が幾日もあったからだろうか。今年はブルーベリーの収穫が一週間以上早まった。たっぷり水を必要とするブルーベリーにとって、雨はまさに天の恵み。大粒の果実がたわわに実って、摘み取りが間に合わないほどである。

ブルーベリー畑へ犬たちを連れて行く。黒ラブの老犬は、長年の習慣から畑の入口に繋がれ、たまに通りかかる人や犬に挨拶をする。四月に仲間入りしたウィペットは、その毛並の白さから名前は米《まい》ちゃんになった。雨で成長する雑草のごとく、あれよあれよと脚が長くなり、精悍な身体つきになった。

生後六か月、人間の年齢に換算すると九歳になる。遊び盛りの犬は全速力で駆け回るかと思うと、玩具になるものを見つけて噛んでいる。とにかく遊び相手がほしくてたまらない。家の中では、猫が標的になった。

猫にしたら自分と同じぐらいの体格だった幼犬が、あっという間に見上げるほど大きくなり、しつこく追いかけてくる。机の下に逃げ込んでもまだ遊びたがる子犬に、いい加減にしろと猫パンチを食らわせるが、それがかえって犬を喜ばせてしまう。すったもんだのあげくに、最後は老犬に「ガウッ」と喝を入れられて、ドタバタ劇は幕となる。

老犬は、子犬が来てから元気になった。自分に課せられた任務と思ったのか、飼い犬としての心得を伝授しているように見える。

（二〇一五・七）

背くらべ

背くらべをするのは五月五日と童謡にも唄われているが、背丈がグングン伸びるのを見れば、柱に傷をつけてでもその伸び加減を確かめたくもなる。

昔、年老いた祖母がよくよく人の顔を見て、「最近背が伸びたねえ」と言ったことがあった。相手が伸びたのではなく、自分が縮んだことには気がつかないらしい。

生後七か月を過ぎた我が家の子犬は、ただでさえ長い脚がみるみるたくましくなり、背丈は先住犬のラブラドールにもはや肩を並べるほどになった。体力も充実して、一日に一度は全速力で走り回りたいらしい。散歩の最後にリードを解き放つと、大きな円を描いて駆け回る。一周して必ずや兄貴分の鼻先をかすめて通り過ぎ、もう一周して兄貴に体当たりしそうに戻ってくる。

そんなやんちゃ坊主の弟を、老犬はあるときはうるさがって鼻じわを寄せて怒る。そばにあるものは箱だろうが、スリッパだろうが、何でもとりあえず噛んでいる弟を、老犬は無関心を装って居眠りを続ける。が、お気に入りのテニスボールを奪われたときだけは、横取りするなと低い声で威嚇する。

近頃は毛艶もよくなり、子犬と張り合うように元気に歩き、負けじと食欲も旺盛になった。先輩として若いものを教育しようと張り切っているのか、あるいは知らずと若い生命からエネルギーをもらうのか。老いも若きも一人で暮らすより、一緒に楽しく暮らすことで命を長らえる。

（二〇一五・九）

猫の鎖骨

忙しいときには、「猫の手も借りたい」というが、なぜ犬の手は借りないのか。

答えは、鎖骨にあった。犬は鎖骨が退化したが、猫にはわずかに鎖骨が残っている。そのおかげで猫族は立ち木を抱くように登ることができる。

犬は手足を前後に動かして走ることは得意であるが、猫のようにものをかき寄せるか、引き戸を開けるようなしぐさはできない。おかげで借り手もいないというわけだが、その棒のような足で人間に「お手」をしてくれる。

犬は雪が降らずとも走るのが大好きだ。庭の隅から隅まで走り回る。「犬走り」とは立派な建築用語。軒下の建物の外周部に巡らした、犬が通れるくらいの幅しかない通路をさす。猫に由来する建築用語はというと、キャットウォーク。こちらは高所にある狭い通路。高い所が苦手な犬と、塀の上を優雅に歩く猫との対比が面白い。

猫脚《ねこあし》は、S字型に湾曲した脚をもつテーブルや椅子などの家具をいう。猫の手を思わせる優雅なデザインで、アンティーク家具によく見られる。猫は犬よりエレガントなのか。猫は机の上から、犬を見下ろす。いやいや、犬も負けてはいない。狆潜《ちんくぐ》りとは、書院造りの床の間に設けられたもので、狆《ちん》が潜れるほどの空間を作って、書院から取り込んだ光を奥まで届かせるもの。今や洋風の家が増えて、床の間自体が少なくなったけれど。

人間の言葉などどこ吹く風。我が家の犬猫は、もっぱら自分の気に入った場所で寝る毎日。

（二〇一七・一）

失せ物

またやってきた。ありがたい迷惑な花粉症の季節だ。くしゃみと鼻水の攻撃にあって、耳鼻科へ助けを求める。医者はカルテを見ながら、去年より三日ばかり早いね、と言う。

エアコンが乾燥した部屋の空気をかき混ぜるおかげで、埃や昨年の花粉が空気中を飛び交うらしい。ティッシュペーパーをしばらく手放せなかったが、最近は薬もよく効くおかげで、数日のうちに症状は改善してきた。夜飲むように指示された薬のおかげで、眠れなかった夜が嘘のように熟睡できる。

翌朝、たくさん買ってきた猫の餌が、ない。お腹がへった、としつこく催促されるのだが、置いたはずの場所に、ない。熟睡したせいか、前夜の記憶がふっとんでいる。棚の中、引き出しの中、置きそうな場所をひと通り調べるが、ない。

はやくちょうだいよ、と猫がすり寄ってくる。探しながら、物忘れがひどくなったか、いやいや確かに買ってきた、と思い出す。目撃者もいる。となると、誰かに盗られたのか。

我が家の猫と犬は室内で同棲している。日頃互いの待遇に不満があるらしく、猫が犬用のビーフジャーキーをほしがり、猫に与えたレトルトの袋を、犬がゴミ入れから拾い出してきたりする。犯人はもしや、と二匹の犬をにらみつけるが、二匹ともどこ吹く風、熟睡している。悪さをしたにしても、どこかにその証拠が残っていそうだが、ない。

完全犯罪か、人間の記憶喪失か、しばらく失せ物の探索が続きそうだ。

（二〇一七・二）

イギリス人は犬が好き

ここ数年にわたり、イギリス人の団体が酒蔵に立ち寄っている。特に桜のシーズンはひと月にわたりほぼ毎日バスが立ち寄る。

日本のエッセンスを満喫する、というタイトルの下に、羽田に降り立ち、まずは東京という大都会を見物し、西へ向かって富士山を五合目まで登る。それから信州に入り、松本城の天守閣に上り、酒蔵に立ち寄ったあとは飛騨高山へと向かう。まさにゴールデンルート。

そのあとは金沢から安芸の宮島、新幹線に乗って京都に箱根と、二週間にわたり本州のほぼ半分を縦横無尽に旅して帰国の途に就く。なんと豪勢な旅だろう。二週間も休暇をとる習慣のない日本人にはとても考えられない旅である。

日本人の添乗員から聞いた話では、ＥＵ離脱についてどう思うかと質問したら、たかがバス一台の人数であっても、賛成反対が五分五分で、喧々諤々の議論に発展してしまう。収集がつかなくなるので、その話題には触れないようにしているという。BREGRET（Britain と Regret 後悔）という造語まで生み出している理由が垣間見える。はたして正式にＥＵ離脱後、イギリスはどうなるのか、行く末を見守るしかない。

イギリス人添乗員の中には数回来訪しているので、顔見知りもいる。なかにはわざわざ犬の米《まい》にお土産まで持ってきてくれるツアー・マネジャーもいた。英国産の犬用ビーフジャーキーをもらって、犬はご満悦。

酒蔵に飼われた犬なので、ペットらの名前は醸のあとは吟、吟のあとは大（犬ではなく猫だったが）、続いて米とあいなったわけであるが、米《まい》の意味は white rice（白米）と説明すると、誰もが白い犬の姿に納得する。そして犬種がイギリス原産のウィペットだけに、だれもが親しみを感じて犬をチヤホヤしてくれる。おかげで当の犬は外国人観光客とみると、尻尾を盛大に振って愛嬌をふりまくようになった。

米《まい》は見知らぬ人に噛みつく心配はなく、おとなしく、穏やかな性格をしている。日頃は昼寝ばかりしていて、番犬には向いていない。が、散歩していてよその犬と出会うと、なぜかワンワン大騒ぎで吠えたてる。困ったやんちゃ坊主だ、と思っていると、「それだけがこの犬種の唯一の欠点です」とポルトガルからきた老年の紳士が指摘した。自身もウィペットを飼っていたことがあるので、よくわかる、と。

個体の性格の一つではなく、犬種としての共通の性質ということであれば、我が家の犬を叱っても仕方のないこと。昔からこの犬種に刷り込まれているDNAのなせる業なのだ。

となると、十把一絡げ的に「日本人は勤勉だ」とか、「イタリア人は女を口説く」とか、「フランス人は自由を愛する」などというが、長い間に刷り込まれた国民性であり持ち前の文化なのだろう。この頃の日本人には、勤勉とはいえない輩もいる。個別には十人十色、様々な人がいるのだから、十把一絡げに断定的な物言いは危険である。

が、やっぱりイギリス人は犬が好きだと思う。

（二〇二二・六）

イギリス人は犬が好き
米にお土産を持ってきてくださるツアー・マネジャー

黒ラブの吟、ダックスフントの醸

猫の大ちゃん

第5章

心に沁みる

鏡田

田植えの季節。満々と水をたたえた田んぼは、湖のようだ。風が吹くと、細やかなさざ波が水面をしわよせる。

風もなく、太陽が照りつける午後は、田んぼはまさに鏡となって、空を流れ行く雲や新緑の山々を映す。植えられたばかりの苗はまだ小さく、方眼紙に穿《うが》たれた点のように、水面に散らばっている。

おや、一つ際立って大きな点が見える。

近寄ってみれば、くちばしで泥をかき混ぜているカルガモだ。かと思うと、カラスが温もった水溜りで水浴びをしている。畦に上がってきたカラスは、まさに濡れ羽色。

カラスに負けないつややかな黒い毛並みの我が家のラブラドール

は、追いかけたくてたまらない気持ちを抑えて、カラスの動きを目で追っている。時々振り返っては、引き綱の持ち主が手を離してくれないかと哀願するが、やがてあきらめ顔をする。

つぶらな瞳は、犬が何を考えているかを映し出す鏡のようだ。とぼとぼ後ろをついてきたダックスは、短い足のおかげでいつも人間を仰ぎ見ている。さぞや肩が凝ることだろう。

人間が気づいてくれないとなると、ワンと一声発するか、太い前足で人の足を掻く。

覗き込むと、瞳の奥でお腹が空いたと言っている。

水田に映し出される逆さの山々も、春から夏へと季節が移りゆくのを語りかける。

この季節、目に映るものすべてが、多くのことを語りかけてくる。

（二〇〇五・五）

夏草や

植物の生命力の強さには、たくましさを感じるとともに、夏こそそれをいやというほど思い知らされる。

たしか先週ぐらいに草刈りをしたかと思っていても、夕方ひと雨くると、翌朝はいきいきとした若い緑の葉が頭をもたげている。

刈っても刈っても、根もとから新しい葉を送り出す雑草があるかと思うと、あっという間に種子をばらまいて小さな芽をわんさと出す草。あるいはしぶとく茎を四方へ伸ばして、地面を這うように繁茂していくもの。蔓を昆虫の触覚のように伸ばして、近くにある植物を搦め捕って巻きつく草もあり、その生命力たるや人間の力など到底及ぶものではない。

「命あれば育たねばならぬ木草ども静かなる庭のこの忙しさや」と窪田空穂は詠《うた》っている。草といえども命あるものとして捉える空穂の眼が、庭の向こうに生まれ育った信州の自然を見ている。

かつては戦国の兵《つわもの》どもが命をかけて戦った戦場も、夏草に覆われては夢のあと。奥州藤原三代の終焉の地平泉を訪れて、芭蕉は句を詠んだ。信州各地にも、たとえば木曽路などに多くの芭蕉の句が残されている。

夏の日差しの中で、夏草に戦いを挑むほうが無駄なのだと都合のいい言い訳をして、草むしりの手を止めて日陰に避難する。こんなときは、寝覚めの床の清冽な流れを思い浮かべながら、しばし涼風で汗を乾かす。

（二〇〇五・八）

ことばの匂い

飛び込みのセールスマンが、美辞麗句を並べ立てて、何かを売り込もうとする。商品の説明から始まり、いかにすばらしいものであるか、話のついでに「お客様は顔の骨相がとてもいいですね」などと、関係のないおべっかで人の気を惹こうとする。

こうなると、ことばの端々からぷんぷんと臭ってくるものがある。なにやら高額商品を売りつけようという魂胆がみえみえだ。

態度や表情が伴わないときでも、人はストレートにものを言わずに、「言外ににおわす」場合がある。ちなみに政治家などはだれそれに降板を促すときに、地方の講演でそれとなく言うのが得意だろう。

言外ににおわせるものとは、どちらかというと、いい匂いではなさそうだ。

匂いのよい花の代表格は、バラとラベンダーだろう。花びらなどが香水の原料となる。色調でいうなら明度の高い色を思わせ、強い個性を主張する。日本的なほのかな香りは、沈丁花《じんちょうげ》や匂菫《においすみれ》が典型だろうか。他を圧倒するような派手さはないが、しっとりと落ち着いた香りが淡い色合いを連想させ、人の気持ちを和ませる。

言の葉一つで、人の気持ちはぐさりと傷つけられもし、場合によっては優しく癒されもする。ことばは、剣にもなれば花にもなる。だれでも一つや二つ、忘れられないことばがあるだろう。できるものなら、いい匂いのすることばをいっぱい胸に留めておきたい。


（二〇〇八・七）

蛍

夏の夜の風物詩、蛍狩り。

「ほうほう蛍来い、こっちの水は甘いぞ」と、子供の頃は真剣に歌いながら、蛍が出てこないかなと、水田の畦道を歩いたものだ。

願い叶って、ふわりと黄色い光が尾を引くように舞うと、目を凝らすうちに、その光は一筋ではなく、あちらにもこちらにも乱舞している。蛍を追いかけるのに夢中になって、水溜りや泥に足をとられたこともあった。

蛍を捕らえてみると、頭部は意外に赤くかわいらしく、背中は燕尾服を着ているような黒。そして下腹部が不思議な光を放つ。何を伝えたいのかはわからないが、その冷たい光に人は惹かれる。

妻を亡くした窪田空穂が、子供らが遊ぶ姿を見て詠んだのだろう。歌集『土を眺めて』（国民文学社、一九一八年）で、「其子等に捕へられむと母が魂蛍と成りて夜を来たるらし」と、暗闇の中に最愛の故人を投影している。

ひと頃農薬散布や河川の汚濁が原因で、蛍はすっかりいなくなった。あえかな光を明滅させながら飛ぶ成虫としての寿命は、わずか一、二週間だという。川で幼虫として生息する間に駆逐されてしまったのだろう。それが、近年わずかながら、蛍の姿を見るようになった。

環境のバロメーターともいわれる蛍の生育条件は、きれいな水と豊富な水草。国立公園の上高地ではたくさんの蛍が舞っている。できるなら、至る所で蛍の舞が見られたらいいのに。

（二〇一〇・七）

心に沁みる

今年の紅葉は、ひときわ色鮮やかできれいに見える。満天星《どうだん》はありったけ輝くように葉を赤く燃え立たせているし、楓《かえで》は黄色に赤を交えて、赤ちゃんの開いた手のように風に揺れている。春に叢雲《むらくも》のように満開の花をつけた桜は、今は赤や黄色の葉をはらはらと散らしていく。

落ち葉を掃き寄せるのも大変な作業だが、それが終わる頃には本格的な冬が来る。

夏の猛暑などすっかり記憶の奥にしまいこまれているように、秋の感傷もまた、冷たい雪でも降れば、忘れられてしまう。

それでも、だれしも心に残る景色や場面を一つや二つ持っている。

遠洋航海から帰ってくる船乗りが、青い水平線のかなたにちょこんと突き出た富士山を見つけると、無事帰還した安堵の思いを抱くという。苦労して登った山の頂で、雲海から生まれ出るように現われる日の出は、見た人にとっては生涯忘れられないシーンとして心に焼き付けられる。

特別な風景でなくても、たとえば引っ越しの際にこれが最後と思ってみると、見慣れた町並みが急に美しく見えたりするのは、卒業式に母校が何ともいとおしい存在になるのと似ている。

何の変哲もない景色に、人間の心は励まされ、癒されている。心に沁みるかどうかは、受けとめる人の心持ちによるのだろうが、いっそう自然の景色や日常風景を大切にしなくてはと思う。

（二〇一二・十一）

初秋

酷暑続きのこの夏は、じっとしていても汗がにじみ、頭はもうろうとするばかりだった。太陽が照りつける35℃の猛暑を経験すると、30℃がわずかながらもしのぎやすく感じるのは、何とも不思議だ。内陸性気候のおかげで、冬の零下15℃も体験しているから、一年の間に50度もの温度差を体感していることになる。

最近は雨の降り方も半端ではない。ゲリラ豪雨、記録にない降り方、猛烈な雨だのと、気象庁も表現に苦慮している。地震発生の誤報の際は、携帯電話がずいぶん変わった音を出しているな、と思ったぐらいで、慌てふためくことはなかった。人間は危機に対して案外鈍感なのか、潜在的に安全を望んでいるバイアスがあるといわれる。

ところが、いざ思い込んでしまうと、余計な妄想や恐怖に襲われる。お化け屋敷がいい例で、怖い怖いと思うと恐怖心は増大する。

老夫婦の家に、最近魔物が棲みついた。天井からわけのわからない鳴き声が聞こえる。夜中は怖くてトイレにも行かれない。この暑さで柱がきしんでいるのか。いやいや夜も昼も音がするから、何か小動物が天井裏にもぐりこんだか、と妄想は広がる一方である。

どれどれと先入観のない者が調べてみると、犯人の正体は煙感知器の電池切れを訴える音だった。18秒おきに音が鳴ったら電池を交換せよと機器に表示してあるが、天井に取り付けられていてはとても読めない。

かくして魔物とともに暑い夏が去り、そよ吹く風に秋の気配が漂っている。

（二〇一三・八）

アイコンタクト

コンタクトとは、目に入れるレンズのことではなく、接触することをいう。

人と人の触れ合いは、究極的には心を開いてお互いを理解し合えれば幸せだ。が、そこへいくまでに、紆余曲折、いろいろな障害を乗り越えた末にたどり着くこともあれば、一瞬にして、お互いの心を知ることもある。

目と目が合う。言葉を交わさなくても、「ああ、この人はあまり賛同していないな」とか、「何やら不満がありそうだな」とわかるときがある。目は口ほどにものをいい、とはよく言ったもので、残念ながら人間は目では嘘をつけないことになっているらしい。

そろそろ出かけようかというとき、我が家の犬どもは、必死で飼い主の視線を捕らえようとする。一緒に車に乗せていってもらいたい、という思いに、さっきまでうつらうつら昼寝を貪っていた目が、強烈な光を宿して飼い主を射る。

一瞬でも目が合おうものなら、「しめた」と言わんばかりに、尻尾の強烈な動きとともに気持ちをアピールする。

昔、猫好きが、野良猫と目が合った瞬間に見過ごせなくなったと、泥まみれの子猫を連れ帰ってきた。その猫は大人になると、よくネズミ退治をして恩返ししてくれた。

目と目の触れ合いが生み出す心の交流は、人と人、人と動物を強く繋ぎ止める。やはり電話だけではなく、じかに会うことの必要性は、そんなところに鍵がある。

（二〇〇九・五）

灯

さんさんと雪が降っていた。

大幅に遅れた電車が、やっと発車する。帰宅を急ぐ人たちでぎゅう詰めの車内に、雪まみれの足やコートから湿った臭いが立ち込める。運よく座席に座れたのはよかったが、幸か不幸か暖房でお尻を温められて、不覚にも眠り込んでしまった。

気がついたら降りるべき駅のホームが後ろに走り去っていく。やむなく次の駅で降りたものの、雪は降り止む様子もなく、ダイヤの乱れた電車は何時来るかわからない。

あきらめて降る雪の中を歩き出した。田園地帯となれば、すぐにも街路灯の光は遠のき、今にも消えそうな轍をたどるしかない。凍えた身体に雪は容赦なく吹きつけ、足はびしょ濡れで感覚もなくなった。

雪明かりがせめてもの救い。やっと集落が見えてきたとき、窓にともる明かりの何と温かく見えたことだろう。十代の頃の、忘れがたい一日の記憶である。

無残な気持ちも、「おかえりなさい」の一言でふわりと癒えた。寒さに震えているとき、温かな飲み物一杯で救われることがある。どうしようもなく寂しく、冷え切った心に、ひとひらの言葉が温もりをもたらすことも。

寒風吹きすさぶ現代社会にも、温もりの感じられる灯がともれば、元気が湧いてくる。「暗いと不平を言う前に、自分で明かりをともしなさい」とマザー・テレサが名言を残している。

（二〇〇九・十二）

幸福論

世の中には幸福について書かれた本がたくさんある。

今年の秋「千の風から希望の木へ」と題する新井満の講演があった。朗読と歌唱も交えたすばらしいステージであったが、講演の中でさらりと言ってのけた彼の幸福論は、まずぐっすり眠れること。朝すっきり目覚められること。そして食べるに困らないだけのお金があること。

あと一つ付け加えるなら、パートナーがいること。パートナーとは、配偶者だけでなく、話を聞いてくれる友人でもいいし、家族でもいい、あるいは心を癒してくれるペットでもいい。

幸せが、案外身近なところにあることは、メーテルリンクの『青い鳥』も示唆している。あるいは、相田みつをの「幸せはいつも自分の心が決める」の名言もある。

我が家に四月にやってきた子犬は、あれよあれよと脚が伸び、元気に飛び回るようになった。おかげで最近は毎朝一時間ほど散歩をする。朝焼けに染まる雲、昇る朝日のまぶしさ、川霧のたなびく様など、見るだけでとても気持ちがいい。おまけに運動ができて余分な脂肪が減ってくれるとなれば、人間は得をした気分になる。これも一つの幸せ。犬好きが高じて、子供の頃実際に飼っていた犬の話が、絵本になった。これは大きな幸せ。

散歩から帰った犬たちは、ストーブの前で一日中惰眠をむさぼっている。犬にとっても幸せこのうえない。小さな幸せを拾い集めながら、今年が暮れていく。

（二〇一五・十二）

花の王

厳冬を過ぎ、待ち望んでいた春が来た。春を象徴するものはやはり、花。信州の春は福寿草が咲き、梅がほころんだかと思うと、あらゆる花が一斉に開花する。

花の王といえば、盛唐期以降の中国では牡丹《ぼたん》をさす。この日本においては、やはり桜。様々な花の中でも際立っている。ちらほら咲き始めた姿も可憐であるが、溢れんばかりに咲き誇る満開の桜は、だれをも魅了する。満開の樹の下に立って見上げると、空を埋め尽くす花びらの海が、流れる雲を呑み込んでいく。

そしてまた満ち足りて、風にはらはらと散る桜は、ほかの花にはない風情がある。いくら眺めていても飽きない豊穣の雨か。散り敷いてもなお美しい花びらは、あたり一面を水玉模様に変える。

「春は花夏ほととぎす秋は月冬雪さえてすずしかりけり」。雪月花にほととぎすを加えた、この道元禅師の和歌がみごとに日本の四季を愛でる。ノーベル文学賞を受賞した川端康成が、受賞講演で引用したという。今さらながらに、日本の四季はそれぞれに美しい。道元禅師の生きた鎌倉時代は一二〇〇年代、そして川端康成の生きた、明治、大正、昭和。時は流れても、日本の文化、その底流に流れるものは変わらない。

気持ちが落ち込んだときでも、自然の景色に心が洗われ、潤うこともある。あらためて今の時代の桜が咲く景色を存分に眺めて、未来へ向かって生きる力をもらう。

（二〇一七・四）

上高地の志

「志《こころざし》を果たして、いつの日にか帰らん」と歌われる「ふるさと」。作詞は長野県出身の高野辰之。

何か目標を定め、心に期するものを持って行動しようと誓ったとき、ふるさとの風景は見るものを優しく包み込む。あるいは、固く誓った決意を思い起こすとき、故郷の景色が懐かしく胸に迫ってくる。

木々が一斉に芽吹き、アルプスの残雪がくっきりと浮かび上がるこの時期は、まさに水清く、山は青く、見上げる空も遠くにかすむ山も、風にそよぐ木々も咲き誇る花も、みなただただ美しい。

アルプスの山肌に消え残る雪は、時には種を撒くおじいさんに見え、あるいは代かきの馬に見立てられ、それぞれ農耕の目安として昔から語られてきた。眺める場所にもよるが、蝶が羽を広げた姿や、鶴や猪など、動物の姿もまた楽しい。

雪形と同じく雪文字があると聞いた。上高地には「志」と読める雪文字があるという。

河童橋付近から望遠で撮った風景写真を見る。岳沢を山頂へ向かって、山を登るように視線を上へと這わせていくと、左側に少し傾いたような形で、消え残る雪がまさに「志」と読める。

きれいに読める年と、そうでない年があるらしい。今年ははたして読めるのだろうか。大自然は様々なものをもたらす。素晴らしい景色も、ときには容赦ない厳しい気象も。志の雪文字は、人間を励ましてくれる大自然からの贈り物と受け止めたい。

（二〇一三・四）

桜の花の散る頃に

桜の花が、はらはらと舞い落ちている。

春風に翻弄されてようやく地面に散り敷いてもなお、一面の水玉模様を描き出す。桜の花は散り際の潔さをもって武士の誉れとされ、尊い命を国にささげる軍人の象徴にされた時代もあったが、桜の樹を慮れば、千年以上もなお花を咲かせ続ける兵《つわもの》もある。

桜は、昔から日本人に愛されてきた。

奈良時代に「花」といえば、梅を意味していた。万葉集に詠われた梅と桜の比率は、一一八対四四。「奈良の都に咲く花」は、桜より圧倒的に梅が多かったらしい。「花」イコール桜とまで詠われるのは、平安時代以降。現代では六〇〇種を数える様々な桜が日本列島を賑わしているが、圧倒的に多い種類はソメイヨシノ。

日本人は稲から食料として米を収穫するだけではなく、稲藁《いなわら》は撚って縄にし、籾殻は食糧保存や土壌改良など様々に利用法を考案した。桜もまた花を愛でるだけでなく、いろいろな活用法をあみだした。例えば、八重桜は塩漬けにして慶事に桜湯にし、佐藤錦はサクランボとして食し、桜餅には葉っぱのよい香りを楽しみ、樹皮はこれまた艶やかな工芸品に変身させた。

桜前線という名の、世界中どこにもない気象予報が、連日メディアを賑わす日本の日常は、もしかしたらとてつもなく平和で風雅なのかもしれない。そして桜はお花見の喜びをもたらすだけでなく、エコロジーの象徴なのかもしれない。


（二〇一四・四）

酒蔵と満開の桜

第6章

語り継ぐ　昔と今

雪だるま

雪が降り積もった。

子供の頃は雪が降ると、遊びが増えて楽しかった。友達が大勢いれば雪合戦、二人いたら雪だるまを作る。一人でも雪玉を作り、雪にシロップをかけて自前のカキ氷を楽しむ。まだ大気汚染の心配もなく、雪は清浄無垢だった。

雪だるまを作ろうと、雪をまとめて転がしていくと、面白いほどどんどん大きくなっていく。「雪だるま式」とはよくいったものだ。願わくは、福を招くものが増えてほしいものである。胴体部はよいが、頭のほうは大きくしすぎると、胴体の上に持ち上げるのに苦労する。

昔の絵本などに登場する雪だるまは、目鼻が木炭でできていた。炭は生活必需品としてどこの家庭にもあったからだろう。バケツをひっくり返して帽子にし、はたきを手に見立てて胴体からはやす。

炭が身近にない現代では、目鼻は石か何か適当なものを探す。お正月三が日何十年ぶりかで雪がたくさん降った東京では、赤鼻のトナカイよろしく、人参でとんがり鼻のついた雪だるまが愛嬌をふりまいていた。中にはマフラーを巻いた雪だるまも見かけたが、ちょっと迷惑そうな顔つきだ。必死で溶けまいとがんばっているような、少し傾きかけた顔が泣いているような。

子供たちの数が年々減って、雪だるまもあまり見かけなくなった。それでも寒空を焦がす三九郎の炎は、元気に福だるまを夜空へ舞い上げる。


（二〇〇五・一）

へのへの

「月夜の晩にてーちゃんが、平気で平気で、のん気でのん気で、試験を受けたら0点だった。6月6日の参観日。雨がザアザア降ってきた。縦縦横横、丸描いてチョン、縦縦横横、丸描いてチョン」

子供の頃こんな絵描き唄を歌いながら、落書きをした。歌い終わると、スカートをはいたおかっぱ頭の女の子ができあがる。このほかに「棒が一本あったとさ」で始まる唄は、「餡パン二つ、豆三つ」で、あっという間に「アヒルのコックさん」ができあがった。

文字を人間の目鼻にたとえた絵の代表格は「へのへのもへじ」だろう。文字をモチーフにして顔を描くなどと、面白いことを最初に考えたのはだれなのだろう。

江戸時代、流行の先端を行っていたのが歌舞伎役者。文化年間、菊五郎縞や芝翫縞、三津五郎縞など、役者が用いた意匠が巷で流行した。七代目市川団十郎が流行らせた文様に、「構わぬ」がある。草刈をする「鎌」に丸い「輪」、続いて平仮名の「ぬ」。これは逆に絵をモチーフにして文字のように読ませるもの。ライバルとして、鎌と井桁と升をかたどって、「構います」も派生したという。江戸の文化には洒落や茶目っ気も、また粋なものとして花咲いている。

今どきの子供は、携帯電話の絵文字に面白さを見出すのだろうか。パソコンや携帯メールでは、キーを押せば出来上がる。鉛筆を持って手を動かして描いてみるのも、頭の体操にはいいかもしれない。

（二〇〇五・六）

『亡妻の記』

幻の原稿が出てきた。

大正六年四月に妻をなくした窪田空穂《うつぼ》は、悲しみのどん底で約四か月かけて妻藤野《ふじの》の思い出を書き記す。二人の子のために、母親がどんな人であったかを書き残しておきたいと願い、また親類友人に形見分けとして原稿を印刷して配るつもりでいた。

そこにはなれそめから始まって、四人目の子を身ごもりながら、町医者の脚気だという診断に従って、さしたる治療も受けずに命の炎の消え行くままに、夫と子どもらの行く末を案じながら死出の旅にでた、明治女の姿が描かれている。

妻をなくした空穂の失意の深さは計り知れない。ただひたすら原稿用紙に向かうことで、嘆きの淵から浮かび上がってきたようだ。そこには、最愛の妻の生きた道をたどりながら、思うように作品を生み出せない作家としての苦悩、生活のためには意に染まぬ仕事もしなくてはならないジレンマ、暗闇で見つけた明かりのように短歌の道へ進む手がかりを見出す空穂自身の姿がある。晩年功成り名遂げた空穂が書いた自叙伝にはない、血の通った、ため息まで聞こえそうな深い思いがそこに吐露されている。

出来上がった原稿は、友人らの助言で人目にはさらされずに終わったが、九十年余たってようやく日の目を見た。大正時代に書かれた自伝的作品としては最高の作品との評価もある『亡妻の記』㈱角川学芸出版、二〇〇五年）。明治は遠い昔でも、そこに生きた人々の熱い思いは今なお鮮烈だ。

（二〇〇六・一）

その愛と悲しみ

「あゝ愛をはぐくむのは大いなる喜びです。同時に大いなる悩みです」

若き窪田空穂《うつぼ》は、縁あって代用教員時代の教え子、亀井藤野《ふじの》と手紙のやりとりをするようになった。太田水穂が仲介するが話がまとまらず、藤野には別の養子縁組の話が進行していた頃のことである。

明治三十九年、今から約百年前、藤野は一途な思いを書き綴った。空穂もまた十ほど歳の離れた藤野を、教え子の一人から次第に一人の女性として認めていく。父親が縁組にいよいよ返事をする段になって、憔悴しきった顔で藤野が父親に渡したものは、空穂への手紙の下書きであった。

空穂との縁談は断ったので決着がついたと思っていた父親にとって、そこまで娘が空穂と結ばれることを願っていたとは、青天の霹靂に近い驚きがあった。かくして即急に空穂との正式な見合いがとり行われ、ついに二人は結婚する。

二人の生活は貧しくも愛に溢れ、三人の子供にも恵まれた。が、次女の夭折に続き、四人目の子の死産に伴い、大正六年、藤野は他界する。

悲嘆のどん底にあって空穂は実家に引きこもり、妻との出会いから死別するまでを本にまとめる。かつてやりとりした手紙を原稿用紙に書き写しながら、空穂は妻のいとおしい人柄をしみじみかみしめる。

昨年やっと日の目を見た『亡妻の記』㈱角川学芸出版、二〇〇五年)。空穂記念館に自筆の原稿が収蔵されている。

（二〇〇六・十）

亀井白光

本名吉次郎《よしじろう》、明治の終わりに生まれる。父親はひと旗上げようと渡米したきり、たまに米国の衣服や毛糸など、当時の日本ではとても手に入らないものを送ってくるだけだった。

昭和十年に撮られた写真。派手な背広に、ネクタイはせず、ポケットに両手をつっこみ、少し不遜な顔つきの吉次郎がいる。顔色は青白く、こげ茶色のベレー帽を愛用し、うつむき加減に歩く姿はどこか陰鬱なムードを漂わせていたという。小学校で美術を教えていた。

戦時中、酒蔵の白壁は敵機の標的になるというので、迷彩色に塗るよう当局からの指示があった。当時造り酒屋に居候していた吉次郎は、左官の仕事を自分から申し出た。少し塗っては絵筆を片手に考え込み、離れたところから眺めてはため息をつく。出来上がった壁は黄土色の濃淡で青海波のごとき模様が描かれた。

白光という名で絵筆を振るうだけでなく、「ロゼ運動」という名の平和運動も展開する。シュールレアリスムを主張するも、周囲の人間からは異端視されるばかりだったという。母の死をきっかけに出奔。中央での活躍を夢見たか、本格的に画家を目指したのか、最後は神経を病んで病院で孤独な死を迎えた。

こんな無名の絵描きのスケッチが、美術館に飾られることになった。「松本平の近代美術―美術館を夢見た作家たち」では、松本に縁のある有名無名の作家をきめ細かに取り上げ、見応えのある空間を作り上げている。

（二〇〇七・五）

エピソード

小さなエピソードが集まって、ストーリーはやがて伝説になっていく。

田舎で一人悶々とシュールな絵を描いていた亀井白光。おかしな絵を描くと、片田舎では冷たい目で見られることもままあった。晩年、入院先の病院長に宛てた文面に、その苦悩が語られている。

ポプラ並木を描いた絵が美術館に飾られることになって、語られることのない無名の画家を紹介した。まだ中央画壇でも標榜する画家のいない昭和初期に、いち早くシュールレアリスムを唱えていた。

夕食の残り物のコロッケを、家人たちは明日のおかずにと大切にとっておいた。翌朝戸棚を開けると、サックリ衣を割った、今にも湯気をあげそうなコロッケの絵があった。「ごちそうさま」の文字とともに。

薄幸な画家と面識のある人も少なくなりつつある中で、彼のシュールな絵の所有者が名乗り出てくださった。美術館には追加展示となって、ポプラ並木の対面に「薔薇のある空」という大きな油絵が掲げられた。

エメラルド色に近い空に、大、中、小三つの薔薇の花が描いてある。ふわりと浮いた薔薇からは、甘やかな匂いすら感じ取れそうで、蒼穹もまた印象的な色合いだ。ダリの溶けた時計を彷彿とさせるこの絵を描くために、彼は十日間、所有者の日華楼さんに泊まり込んだという。作者亡きあとも、作品は語り続ける。

（二〇〇七・六）

ミルク飲み人形

子供の頃、女の子が遊ぶときは、いつもお気に入りの人形が登場したものだ。

クリスマス・シーズンが近づくと、玩具売り場が活況を呈してくる。親に買ってもらおうと、子供らは人気のおもちゃをねだる。なかなか買ってもらえないと思っていたら、クリスマスの朝、枕元に置かれていたりする。

クリスマス・プレゼントだったたか、親戚からいただいたのか覚えていないが、丸い目をしたミルク飲み人形を大事にしていた記憶がある。四頭身ぐらいの赤ちゃん体型をしていて、ままごと遊びでは口からミルクがわりの水を飲ませる。抱っこしてあやしたり、着替えをさせる。仲良しの子も同じような人形を持っていて、二人そろって背中に人形をおんぶしてすっかり母親気取り。

あの頃の人形遊びは、子育てする母親を真似るものだった。あるいは、人形は自分の妹のような分身であった。名前をつけて、一緒の布団で寝たものだった。それがいつの頃からか、流行の人形の体形は外国人なみにすらりと長い脚をして、胴がくびれ、胸がふくよかになって、最先端のファッションを着せ替えて楽しむものになった。今ではそれも見かけなくなり、もっぱら映画やアニメのキャラクターが人気をさらっている。

時とともに変わりゆくものは多い。が、遊びに夢中な子供らの瞳は、いつの時代もきらきら輝いていてほしい。

（二〇〇七・十二）

語り継ぐ

東日本大震災から歳月が流れた。

大津波が呑みこんだ田畑や家並みは、いまだに元には戻っていない。まして放射能に汚染された土地は、人も住めない状態が向こう何年続くのだろうか。

天災は防ぎようもなく、自然の猛威に人間はただ茫然とするばかりである。が、人災については、そこから学ぶべきものを学び、将来に活かすことはできる。

三月は、3・11が取り上げられて当然だが、第二次大戦中の東京大空襲は体験した人々も少なくなってきている。十日未明に飛来した二七九機のB29は、本所、深川、浅草などの下町地区に焼夷弾を集中的に投下した。二時間半の間に一六六五トン、こんな数字を見せられてもぴんとこないが、焦土と化した街に史上最多の被害者が溢れ、死者は十万人を超えたという。

強風にあおられて木造家屋はみるみる焼失し、上からの指示通り消火活動をして逃げ遅れた者、熱風で黒焦げとなって死んでいった者、河に飛び込んで凍死もしくは溺死した者、当時を物語る資料や写真は、目を覆いたくなるものばかりだ。

経済成長にものを言わせて軍備増強する国、自国の領土だと強硬に主張する隣国、軍事力にものを言わせて国境線を描き換えようとする大国。宗教がらみの内戦から民族紛争の絶えない国まで、世界中で争いの種は消えることなく、きな臭い空気も漂っている。戦争の悲惨さを次世代へと語り継ぐことを、今あらためて大切に思う。

（二〇一四・三）

『上高地から帰ってきた犬』

昭和三十年代後半の話で、訳あって上高地に捨てられた犬が、配達のトラックを追いかけて帰ってきた。絵本になったが、実際にあった話が土台になっている。当時は車の往来も少なく、道は未舗装。トラックは重い酒瓶を積んで埃を舞い上げながら坂道を上り、沢渡《さわんど》あたりでラジエターに水を補給しないと先へは進めなかったという。

真っ暗なトンネル内でエンコしないようにと、釜トンネルの手前では車を止めてエンジンを冷やさなければならなかった。早朝出発して上高地に着く頃にはもう昼。黒煙を吐いて走る車など姿を消した現代では、とても考えられない多難な道中。

さわやかな季節になり、世界各地から信州に旅人がやってくる。

空気の澄んだ、心なごむ景色と、国宝松本城をとりまく歴史や人々の息吹を感じる町並み、そして地方色豊かな食べ物で、観光客の胃袋と心が満たされる。毎年四月二十七日には上高地開山祭が執り行われる。

日向で寝ている犬を見て、「あの犬ですか、上高地から帰ってきたのは」などと問われ、とんでもないと否定をする。現代の犬はのこのこ歩いていようものなら、車に轢かれるか、保護されるか、保健所に収容される。冒険もなく、鎖に繋がれた生活が普通なのだと思っているらしく、空腹になればご飯を催促する。満腹になると、とろけそうな眼をして船を漕ぐ。一緒に暮らす人間も、犬と幸せを分け合う毎日。

（二〇一六・四）

蓮月《れんげつ》

夏の暑さが戻って気温が三十度に上がったかと思うと、雨が初冬のような冷気をもたらす。今年の十月は、寒暖の差がことさら激しい。

季節の変わり目、この寒暖の差が、疲労やアレルギー、自律神経の失調をもたらすという。

乱高下する気温についていかれない身体は、不調をきたして体力が落ちる。体力が落ちると、身体の中の免疫力が低下して、病気を引き起こす因子をはねのける力が弱くなるらしい。そういえば、亡き父が脳梗塞で倒れたのもこの月であった。

免疫力を保つのによいとされるのは、食物繊維の多いものや発酵食品、そしてビタミン。もちろん、規則正しい生活と適度な運動は欠かせない。

秋晴れの日に、義母が永眠した。東京の下町育ち。戦争中は、B29がばらまく焼夷弾から命からがら逃げまどい、東京大空襲で焼け出された。一九六四年の東京五輪も、高度成長していく日本も、バブルもデフレも、すべてを体験した人の言葉にはしみじみとした重みがあった。

旅立つ人も、あとに残されるものも、切ない思いに沈みがちだが、凛として逝った義母《はは》は、呼べば明るく返事をしそうな顔をしていた。あれから別れの涙のような雨が降り続いて、秋が深まっていく。

空腹でいると考えることが暗くなるから、食事はきちんととること。そんなふうに教えられた。寒暖差などに負けずに、美味しいものを食べて、笑って、免疫力をアップさせようか。（二〇一七・十）

沓脱石《くつぬぎいし》

家に入るときは、だれでも靴を脱ぐ。日本人ならば当たり前の習慣である。

西洋人の住まいでは、夜寝る時まで靴ははいたまま。最近外国人の観光客が多くなった。特に欧米人が多く見学に訪れる。明治十八年建造の母屋をご案内して、「靴を脱いでください」というと、たいていの欧米人はその場で靴を脱ぎ始める。

入口の土間から畳の間へ上がるには段差があり、靴を脱ぎやすいように簀子《すのこ》を敷いてある。なかには、簀子の上に靴のまま上がる人もいれば、ソックスが汚れるのも気にせずに、土間で靴を脱いでしまう人もいる。

昔の家は湿気を防ぐために、床下をたっぷりとっていた。子供ならかくれんぼのときに潜って入れるぐらいの高さがあり、靴を脱ぐための沓脱石がおいてあった。縁側から庭へ降りる際にも、沓脱石に下駄やサンダルが置かれていて、すぐ庭へ出られた。

昔の家の縁の下には、いろいろなものが転がっていた。どこから持ってきたのか、犬が片一方だけくわえてきて捨て置いた靴や、余った角材や補修用の瓦などが、埃にまみれて置かれていた。猫も、犬に吠えられると一直線に縁の下へ駆け込んだ。

現代の家は、コンクリートで基礎を固め、湿気を防ぐ工法で、床までの高さがあまりない。車椅子で入れるようなスロープを付ける場合、床はできるだけ低い方がよい。

おかげで、クモの巣だらけの縁の下も、沓脱石も見かけなくなった。

（二〇一七・九）

嘆きのサファイア

夫の母が、あるとき嫁の私をお気に入りの日本橋のデパートへ連れて行った。今日はどうしてもあなたに指輪を買うのだ、と言う。

「生前贈与だと思って、受け取ってちょうだい」

いつもの義母らしくない硬い表情をして、宝石売り場へと向かう。笑顔をふりまく店員が並べて見せる宝石は、みずみずしいエメラルド、彩り豊かなオパールに、情熱のルビー。

試しにはめてみた中で、義母は深海のような濃い青をたたえたサファイアを勧める。人目を惹きつける派手さはないが、秘めやかな群青。鑑定書とともにかっちりしたケースに入れられた指輪が、私のものになった。

三月になると、記憶を風化させまいと東日本大震災ばかりが取り上げられるが、三月十日の東京大空襲を、義母は忘れることができなかった。グオォン、グオォンと不気味な音とともに飛来するB29。パラパラと落下してくる焼夷弾は花火のようにきれいでいて、紅蓮の炎で街を焼き尽くす。住人は命からがら逃げまどうしかない。早くに父をなくし、女医である母親に育てられた義母は、戦争体験を嫌というほど身体に刻み込んでいた。

戦時下、国民の生活は困窮した。資源のない日本は、お国のため、軍のためにと、金属の供出ばかりでなく、宝石も供出するよう通達が出た。従うしかないと、ありったけの宝石を一つ一つ丁寧に布にくるみ、当時まだ若き義母は区役所へ届けに行った。

女医であるがゆえに、医院には女性の患者が多かった。

区役所から帰ってくると、見慣れた車が止まっている。運転手付きの車には、文具で有名なK社の創業者夫人が乗ってきたはずだ。当時すでに息子が社長に就いていて、夫人は悠々自適の生活をしている。既往症の診察を終えた老女が、茶の間で世間話をしていた。

「いま買い物をしてきたのよ。掘り出し物があってね」

血管の浮き出た老女の指には、大きな宝石が光っていた。

今は亡き母のやるせない戦争の記憶を、サファイアが重く静かに鎮めている。

（二〇二二・五）

片口《かたくち》

古い物置を片付けた。

ごはん茶碗やら取り皿、大皿から丼まであらゆる食器が出てきた。丁寧に一枚一枚新聞紙で包んである。中には縁の欠けているもの、ヒビのはいているものまであり、埃にまみれながら片付ける身にとっては、どうしてこんなものまでとっておいたのか、と力任せに割る。

「昔はものがなかったからね」この一言。

包むのに使われた新聞の日付は昭和四十年前後。あの頃の日本は、年々経済を成長させていった。日本酒の消費量のピークは昭和四十八年。酒類業界においては、経済成長とともにビールの消費量が増大していく。とはいえ造り酒屋には大勢の蔵人《くらびと》と、販売にたずさわる者も数人住み込みでいた。

賄《まかない》をする係は女。かまどで米を炊くのから始まり、味噌汁、漬物、おかずと、何十人もの食事を一日三回用意するだけでも大変な仕事だったろうと思う。当時は葬儀なども自宅でするのが当たり前の時代。祝い事から折々の社内の行事でも、大勢の人が飲み食いをする機会に備えなければならない。

片口がいくつかでてきた。大きな樽や瓶などから、酒や醤油を片口にいったん受けて、小さな注ぎ口から別の器に移し替えるために使った。どこの家でも使われていたのだろうが、今では見なくなった。

大勢の人が一つ所に生活していた暮らしは、楽しいことも苦しいこともたくさんあったはずだと思うと、手に取った片口がずっしりと重さを増した。


（二〇一七・三）

亀井白光　ペン画　『アカシアとポプラの並木』

桜の花の散る頃に
文　竹本　祐子
絵　ますだ ちあき
語り継ぐ戦争絵本シリーズ⑭
学徒出陣

どうぶつノンフィクション絵本⑧
上高地から帰ってきた犬
文・竹本祐子　絵・野中秀司

第7章
来た道行く道

返り咲き

本来春から夏に咲く花が、時期はずれの秋に花をつけている。ぽつんと一輪だけ空に向かって花弁を広げる、薄紫の額紫陽花。秋風に揺られてどこか物悲しい。サーモンピンクの薔薇は凛として、周りの空気を甘やかにする。

春に植えたブルーベリーの苗も、元気のよいものは人差し指ほどに太くなった。樹の成長を促すために初夏に咲いた花はみんな摘み取った。それがこの秋になって、鈴蘭のような可憐な花が返り咲きしている。花を摘まれたことへの抗議なのか、結実できなかったことで子孫を残そうと再度チャンスを求めてのことか、植物の生命はたくましい。

引退表明したスポーツ選手や、一度頂点まで登りつめてその世界を去った人が、また元の座に戻ることを「返り咲く」というが、去ることもまた戻ることも、どちらも大きな決意が必要だろう。返り咲きを決意した心には、やはり何かやり残したと感じるものがあってのこと。もう一度花を咲かせたい、と強く願うことで再起の道が開かれたに違いない。

前向きに歩いてきたつもりでも、振り返れば、やり残したことばかり思い当たる。自分なりに頑張ったつもりでも、もう少し何とか形を残したかったと複雑な思いが交錯する。

とはいえ、何度でも返り咲きするつもりで、いろいろなものにチャレンジしていきたいと思う。返り咲いた白い花が、ふわりと風に揺れ動く。

（二〇〇五・十）

待合室

待合室には独特の雰囲気がある。

待合室でお医者さんにかかる順番を待つのは、あまり楽しい気分ではない。病名がわかっている場合はいいが、今までかかったことのない病気だとしたら、「精密検査しましょう」などと言われるかもしれない。そのまま入院、続いて手術することになるかもしれない。と、臆病心が悪い方へ悪い方へと想像を膨らます。

歯医者さんの待合室もまた、自分の番が来たら痛い思いをするのではないかと、びくびく待っている。虫歯を削るドリルの甲高い音を聞いただけで、背筋が寒くなってくる。そんな患者を考慮してか、最近は待合室もずいぶん明るく、軽快なＢＧＭがかかっている。

病人に付き添っていった場合も、たいしたことがなければよいがと、診断結果が気がかりで、待ち時間は異常に長く感じる。ところが、いざ診察が終わってみると、さっきまでの恐怖心はどこへ行ったやら。最近は担当医から丁寧な説明が聞ける。病名がはっきりして治療の目途が立てば、気分はずいぶん軽くなる。介護する家族にとっても、先々の予定も立てられる。

気持ちの持ち方によっては、人の免疫力にも変化があると聞いた。"Look on the bright side of a thing." 物事の明るい方の面を見て、心の栄養としよう。

（二〇〇六・六）

ライフライン

大きな自然災害が起こると、その地域の電気、水道、ガス、あるいは道路網といったライフラインの確保が重要となってくる。

夕方から突然電話がかけられなくなった。もちろん外からも電話がかかってこない。どうしたことだろう。電話が使えなくては商売ができない。さっそくＮＴＴへ電話を、と受話器を上げてみて、使えないことに気づく。

仕方ないので携帯電話から故障係の電話番号にかける。電波の状態が悪く、雨の降る屋外からかけているうちに、電池がなくなりそうになる。一刻も早く直してもらいたいこちらの気持ちと関係なく、「ただいま電話が混みあっています」と、音声ガイドに対応され、いらいらが募ってくる。さんざん待たされるうちに、やっと肉声が聞こえてきたときは、救われる思いだった。

通話だけでなくインターネットも使えないとなると、eメールのやりとりが多くなった昨今は、仕事に支障をきたす。復旧するまでの間、電話回線の重要さを痛感した。以前は印刷物を郵送していたのが、いまは画像として一瞬にして送れてしまう。使い出すとそれが当たり前になってしまうのが、怖い。

スイッチを入れれば電気が流れ、蛇口をひねれば水が流れるのが当たり前な毎日。たかが電話と思いながらも、電気、水道と同じ命綱《ライフライン》であることを再認識する。書いた原稿をメールで送るのも、仕事の命を繋いでいる。

（二〇〇七・九）

卵・卵・卵

卵料理といえば、何が頭に浮かぶだろう。ゆで卵、目玉焼き、オムレツ……ゆで卵なら、半熟か、固ゆでか、好みは様々。

なぜか文芸の世界では、アーネスト・ヘミングウェイの作風をハードボイルド（固ゆで）という。現実の冷酷非情な事柄を、批判を加えず感情を交えない簡潔な文体で描く。それがミステリ分野では、軟弱な生き方を否定する、行動的な探偵を登場させて、ハードボイルド小説の華が咲いた。

ハメット、チャンドラー、ロス・マクドナルドといった代表的な作家は、一九四〇年代から五〇年代に作品を発表し、その後ロバート・B・パーカー、ビル・プロンジーニなどが登場し、八〇年代には女流作家による女探偵も登場した。が、七〇年代後半からハードボイルド・スタイルは姿を変え、SFやファンタジー小説がベストセラーとなっていく。

　ハードボイルド全盛期が日本の経済成長期と重なる。子供の好きなものは「巨人・大鵬・卵焼き」といわれ、みなが同じ方向を向いて同じ歩調で歩いていた。

　今や個人の自由を謳歌する時代で、好きなものは厚焼き玉子だの、スクランブルエッグだの、あるいは卵アレルギーで一切食べられないなど、子供たちは好き勝手なことをいう。

が、冷蔵庫に卵専用ラックがあるのだから、どこの家庭でも卵は料理に欠かせない存在でいるのだろう。小さなお日様のような、あの丸い黄身と白身がたまらなく魅力的。

（二〇〇八・十二）

目覚め

福寿草が咲き誇っている。震えそうな寒さの中で、鮮やかな黄色がもはや冬は去るのみと告げている。とはいえ春は名ばかりで、水溜りを被う氷の厚さに、冬将軍の居残りを感じさせられる。

今年の冬はことさら寒かった。ここ数年地球温暖化のせいか、異常気象なのか、暖かく、雪の少ない冬が多かった。今年の冬はむしろ昔に戻ったようで、日本列島いずこも寒さと雪の降り方が半端ではなかった。

それでも春は確実にやってくる。南のほうからはちらほら花便りが届き始めた。

今年は桜の開花も、少し遅くなりそうな気配だ。それでも、つぼみは着実に膨らんで、花咲く日への準備に余念がない。

ブルーベリーの挿し木を鉢植えにしたものが、花芽をたくさん付けている。ブルーベリーの木は冬の間ある程度の寒さを必要とする。低温要求量は樹の種類にもよるが、八百時間から千二百時間といわれる。葉芽と花芽は休眠から覚めて、初めて健全に育ち始める。

厳しい状況に置かれたとき、あるいはつらい目に遭ったとき、いずれは心晴れやかになる日が必ず来ると信じることで、人は試練を乗り越えられる。どんなに厳しい冬であろうと、必ず春がやってくるように。あとで振り返ってみれば、あの苦しさがあったからこそ、今は温和な日々でいられるのだ、とわかることもある。

そろそろ休眠から目覚めて、明るい、暖かな春を体感したい。


（二〇一二・三）

朱鷺が舞う

日本の野生の朱鷺《とき》は絶滅してしまった。

昔から日本に生息していて、古くは奈良時代、平安時代にツキとかタウと呼ばれていたという。万葉集では「桃花鳥」として登場し、朱鷺は人間と同じ里山で暮らしていた。

それが明治以降、畑を荒らす害鳥と言われ、あげくは肉を食う食文化のあおりで人間に食われ、人間の体を暖めるために羽毛が用いられ、とうとう一羽もいなくなってしまった。

ここ数年、中国生まれの朱鷺を繁殖させ、何回かにわたって放鳥したおかげで、野生で暮らす朱鷺の姿が見られるようになった。卵もかえり、はやくも親鳥と同じぐらい大きく育った幼鳥が、もう餌を自分で探して食べているという。

朱鷺は羽を広げると、淡い朱色がかったピンクの羽が見える。その色を朱鷺色と誰が名づけたかは知らないが、ほかにはない美しい色である。

乱獲して絶滅させたのも人間なら、繁殖に成功したのも人間。国鳥でもないのに、たまたまニッポニア・ニッポンという学名がつけられた朱鷺にとっても、なにやら人間に翻弄されるばかり、と日本人を恨んではいないだろうか。

時代とともに産業構造も変わり、生活様式も変わる。変わりゆく暮らしの中で、多くのものが消え去っていった。仕方のないこととあきらめる一方で、何か大切なものも失われたのではないかと胸が痛む。

蒼い空にはばたく朱鷺色の翼に、なくしたものを取り戻す明るい未来を託したい。

（二〇一二・六）

半夏生《はんげしょう》

庭の半夏生《はんげしょう》が風に揺れている。

濃い緑の葉の半分が、まるでおしろいを塗ったように真っ白だ。水辺に育つドクダミ科の植物だが、この季節になぜか一番先端の葉の半分が白くなる。葉緑素が抜けるからだというが、花が終わると緑に変わるので、花弁の一部とも考えられているようだ。

この白さは、胸の中にぽっかり空いた空洞に似ている。白い部分がやけに夏の日差しを拒絶している。

父が逝ったこの夏。

とても大きなものをなくした思いでいる家族をそっちのけに、季節はいつも通り巡り来て、燕たちは雛を育てるのに大わらわだ。ブルーベリーの畑では、ブルーベリーの実が日に日に色を濃くして、そろそろ収穫が忙しくなってきた。

寝食をともにしている犬と猫は、それでもどこか感じるものがあるらしい。

病院から左前の着物を着せられて帰ってきた飼い主に、早く起きろといわんばかりに顔をべろべろ舐めた犬は、おやつをねだる機会をなくしてしまって、不満げな顔つきだ。

自宅で元気だった頃、上半身だけ電動ベッドで起き上がると、その背に乗り込んで一緒に庭を眺めるのが習慣だった猫は、今や仏壇の前の座布団で昼寝をしている。線香の煙も気にせず、お客様用のいつもは使わないふかふかの座布団が気に入ったらしい。

半夏生の葉が緑に戻るまで、しばらくはからっぽの胸の内に風が吹く。

（二〇一二・七）

動機

「動機」という言葉、日常生活の中で頻繁に使うものではない。刑事もののドラマで、「殺しの動機は、女か金か」などと使われることはある。

ところが、最近の経営学ではキーワードのように使われ、経営コンサルタントに言わせると、動機＝モチベーションとなる。

複数の人間が作る集団で、いかに全員がやる気を持ち、一丸となって目標へ向かうか。大小にかかわらず、組織の中にあっては部長クラスの中間管理職、自ら一線で働く会社の社長などは、常日頃から頭を悩ませている課題である。

人には個性があり、それぞれの価値観を持ち、物事の捉え方一つとっても千差万別。それを踏まえたうえで、各自がやる気を出して前向きに取り組むことができれば、その組織は大きく力を発揮することができる。つまり、会社にとって、社員のモチベーション・アップを図ることが、もっとも効率のよい解決策となる。というわけで、様々な試みをしながらも、うまくいったり、いかなかったり。個の寄り集まった組織を束ねることの難しさを、日々痛感する。

リーダーは部下を鼓舞しながら、自らのモチベーションも高めなければならない。船にたとえれば、航行先を確認しつつ、クルー全員の動きを把握し、今やるべきこと、先々やるべきことを瞬時に決定をしていく。その勇気と英気とやる気を常に持っていなければならない。

船が山に上ることはなくとも、孤軍奮闘の日々が続く。

（二〇一二・十）

鬼の霍乱

初めて、入院生活を体験した。

家族を入院させた経験はたくさんある。まさか自分がそうなるとは思ってもいなかった。投与された抗生物質が効いたらしく肺炎の熱もおさまり、重い病状は三日ほどで改善した。さっそくパソコンを立ち上げ、原稿を書き、書類作りを始めた。とはいえ、すぐに疲れてしまって、仕事は三十分か一時間がせいぜい。

昔、まだ父が仕事も現役で頑張っていた頃、帯状疱疹の後遺症で信州大学病院に入院したことがあった。症状が軽かったこともあり、外出許可をもらうと背広に着替えて出かけ、帰ってくると書類作成にいそしむ。消灯過ぎもロビーの明かりの下で仕事をしていると、婦長さんに「ここは病院ですよ」と厳しく注意されたという。

　入院したからといって、人間簡単に日頃の生活から足を洗えない。病院にいても仕事のことは頭から離れない。ケイタイという便利なもののおかげで、まさか入院中とは知らずに電話がかかってくる。こちらも気がついたことを確認し、頼みごとをする。が、入院とあいなったのは、しばし休養せよとの神様のお達しだろうと、できるだけ静養に専念した。

　考えようによっては、上げ膳据え膳で、毎日アルプスの勇姿を眺めていられるのだから、贅沢な休養である。

　が、退院すると、やはり家族と一緒に食べるご飯が最高においしく、犬や猫がそばにいる生活が、穏やかな喜びをもたらすことを再確認して、健康が一番と心に刻んだ。


（二〇一二・十二）

ポケット考

上着をはおる季節になると、ポケットが活躍する。

男性は仕事中、スーツや上着に胸ポケットもあれば内ポケットもあり、名刺入れから財布、スマートホンまで身に着けていられる。が、女性の服装はシルエットをきれいに保つために、上着に内ポケットなどついていない。したがって、常にバッグを持ち歩くことになるのだが、人と顔を合わせて挨拶する際に、バッグ内をかきまぜて名刺を取り出すのが、何とも格好が悪い。

携帯電話にしても、呼び出し音が鳴ったらすぐに取らないと、周囲に迷惑をかける。着信音は人それぞれで、流行りの歌であったり、電子音であったりするが、第三者にとってはあまり心地よいものではない。とくに会議の途中で、議論の真っ最中にメロディーが流れて話の腰を折ったりする。

携帯電話が普及してから、常に人と一対一で話ができるようになった。取次ぎをお願いする必要もないし、相手が応答しなくても着信履歴が残るので、かけ直してもらえる。運転中か会議中で出られないのだろうと思えば、メールをするという手もある。

かくして人と直接連絡を取る手段が普及して、時と場合の関係もなく電話がかかってくる。受け取る側としては、常に持ち歩くか身につけていなければならない。しかし家から持って出るのを失念したら、いくら上着にポケットがあってもお話にならない。この場合はまさにエアポケット。

（二〇一三・十）

彼岸

椿が咲いた。梅の蕾も膨らんだ。春本格到来。降る雨にも温もりを感じる。凍えていた冬の記憶が遠のいていく。

我が家の犬はお気に入りのぬいぐるみをくわえて、散歩に行こうと催促をする。猫は猫でトーンの違った声を発しながら、近所を徘徊している。帰ってくるとライバルに猫パンチをくらったのか、鼻面には引っかき傷が、後頭部にはいくつもかさぶたができている。

人間も、植物の目覚めに誘われて、気持ちが明るくなってくる。やる気スイッチが入ればしめたもので、ここでひとがんばり新しいことを始めるもよし、やり残したことを一挙に片付けるもよし。人間のやる気スイッチを入れるには、運動をするのがよいらしい。身体を動かすことで、脳みそが錯覚を起こすのだという。相撲取りが塩をまいたあと、あちこち身体を叩き、儀式めいた動きをするのも、その一つ。やる気を奮い立たせて、ここ一番に臨む。

　暑さ寒さも彼岸までという通り、過酷な気候とさよならできる春分の日は、「日本文化いろは事典」によると、「自然を称え、将来のための努力する日」だそうだ。身体を動かしてやる気スイッチが入ったら、将来のために何かをしよう。このスイッチ、誰かに押してもらえるものではないらしい。

　いずれは三途の川を渡って彼岸《ひがん》に達するのであれば、様々な煩悩に満ちた此岸《しがん》にいる間は、せめてやる気を出して道を切り開こう。

（二〇一五・三）

石鹸箱

石鹸のお世話にならない人はいない。

最近は石鹸も液体と化し、ポンプ式の容器を押せば、むにゅむにゅと出てきてくれる。泡立ちも香りもよく、汚れを落とし、ついでに除菌もしてくれ、残り香まで漂わせる商品もある。

が、昔ながらに固形石鹸も健在で、敏感肌の人にも安全な無添加のもの、天然成分で作られたもの、あるいはハチミツなどの肌によいものを配合しているものもある。

先日、年老いた親が、石鹸箱がほしいと言う。いまや石鹸の箱など探しても見つからない。昔、銭湯へ行くときは、タオルと石鹸を持っていくのが当たり前だった。忘れたら、銭湯で買い求めなければばならない。シャンプーなども、一袋ずつ小分けになった粉状のものだった。現代と違って、ボディソープもシャンプーも備え付けがなかった。

だから、石鹸をセルロイド製の石鹸箱に入れて持っていったのだ。「小さな石鹸、カタカタ鳴った」とフォークシンガーは「神田川」で歌っている。一九七三年、昭和四十八年九月に売り出されて大ヒットした。石鹸箱に入れられた石鹸が、物悲しくも二人の歩みに合わせて音を立てている。

同じように、現代において姿を消しているものはたくさんある。公衆電話ボックス、真っ赤な円筒形のポスト、家族が囲んだ丸い卓袱台。とりあえず何でも手に入る現代と、「何もなかったあの頃」と、どちらが良いとも悪いともいえないが、昭和は遠くなりにけりとつぶやく声がする。

（二〇一六・九）

珈琲

朝目覚めると、「コーヒーが飲みたい」と思う。胃袋の調子がよいときである。

パソコンに向かう時間が長引いたとき、あるいは時間に追われていると、「コーヒーが飲みたい」と思う。この場合は、ストレスを和らげようと本能的に身体が要求する。面倒な書類を作り終わったときや当面の問題を解決できたときは、タスクから開放されたひときの憩いを求めてのこと。

いつからか珈琲党になってしまった。

調べてみれば、世界でもっとも多くの国に飲まれているというコーヒー。消費量の多い国はルクセンブルク、フィンランド、デンマークと続き、日本はどうやら三十番目前後だという。日本国内でコーヒーが多く飲まれている都市は、なんと第一位が京都市。

生活のスタイルは時代とともに変わる。食生活も変わる。当然、飲み物も変わる。

日本茶も、朱泥の急須でじっくり茶葉を開かせて、湯のみで香りと味を楽しむことはめったになくなった。会議などでは、ペットボトルに口をつけてお茶を飲むのが当たり前になってしまった。昔は瓶に口をつけて飲むのは行儀が悪いとか、エチケット違反だと言われた。しかしペットボトルは配布したあと、飲みたい人は飲む、飲みたくない人は持ち帰る。

暗黙のうちに女性に課せられた「お茶汲み」という仕事は、もはや死語。女性もばりばり仕事をこなす時代。お茶であれ、コーヒーであれ、仕事中は自分で淹れる時代がきた。

（二〇一六・十二）

ナヴィゲーション

以前にも来たことがあるからと、高をくぐって歩いていると、道に迷う。たしかここらへんにタバコ屋があって、その先の角を曲がれば……数年もすると、タバコ屋はコンビニか駐車場になっていたりして、街は激しく様変わりする。

最近はどこへ行くにもパソコンやスマホに道案内してもらう。電車の乗り換えなどは、到着時間と料金まで教えてくれる。車の移動にいたっては、カー・ナビが必需品となっている。

そもそもナヴィゲーションとは、航海術をいう。大海原をゆく船にとって、目的地に着くためには、海流や地形、風向きなど、海路の不安要素を考慮して、船乗りは操船に細心の注意を払う。帆船の時代、船長あるいは航海士は進路をどうとるか、船の命運をかけて羅針盤とにらめっこが続いたに違いない。

現代はナビのおかげで、その案内通りに進めばたいていの所へ到達できる。とはいえ、酒蔵を訪れる人の中で、カー・ナビで来た人は、なぜか裏の道を教えられる。正面には古くからの塩の道があるのに、わざわざクランクのある、田んぼの中の道を示される。「目的地周辺です。音声案内を終了します」と言われて、肝心の場所がわからないこともある。

人生行路、迷ったときに右か左か教えてくれるものがあれば、楽に暮らせるのか。それとも自分で悩みぬいた果ての選択こそが、真の道なのか。最後はやはり、自分で決めるしかない。

（二〇一五・十二）

終章　――終わりの始まり

シベリア鉄道の旅１９７４

思い起こせば、あれは大学二年の夏休みだった。一九七四年のことである。

父が娘二人を連れて、ヨーロッパ歴訪の旅を計画した。娘を連れていくのは格好をつけたかったのか。大学を卒業した姉には独身時代のよい思い出をと考え、次女の私には初めての海外旅行に連れて行ってやる、という気負いからに違いない。

が、父はかねてからシベリア鉄道に憧憬を抱いていた。政治が好きで、アメリカのケネディ大統領のファンでもあった。知人に薦められると、右肩下がりの家業の造り酒屋の経営をさておき、ほいほい市会議員に立候補した。社会主義国家のソビエト連邦の実態に触れたい、と思ったのだろう。

横浜港から《ハバロフスク号》に乗り、津軽海峡を抜けてナホトカに到着。当時ウラジオストクは軍港であり、民間人はナホトカへ上陸した。そこからハバロフスク経由でモスクワまで、直行でも一週間かかるという鉄路。

外国人観光客には一等車のコンパートメントがあてがわれる。上下二段の寝台に父と姉が、多少英語が喋れる私はアメリカ人女性と同室となり、上段の寝台に寝た。金髪の初老の女性で、夏休みを利用して、気ままな独身一人旅をしている教師だという。

各車両には車掌とは別に紅茶《チャイ》をサービスしてくれる女性が乗り込んでいた。ふくよかな胸回り、のっそりとした歩き方で、コンパートメントに落ち着いた私たちに、さっそく色の薄いチャイに角砂糖を二、三個入れたものをふるまってくれた。寒い冬であったら、さぞかしありがたい飲み物なのだろう。このチャイのサービスは、ほぼ毎朝続いた。

各車両には湯沸かし器がついていたが、熱源はどう見ても石炭か薪を燃やすストーブ。長く湾曲した鉄路を走る際には、どの車両からも細い煙突のようなものが突き出ているのが見える。

寝台車の通路は、肥満体の人と出会うと、連結器のあるデッキまで戻るか、開いたコンパートメントの中に身体を入れて避けるしかない。乗客は下段の寝台に腰かけ、とりとめのないおしゃべりをするか、行きすぎる景色を眺める。

窓の外には果てしなく草原が広がっていた。日本のように一枚一枚区切られた田畑の風景は、ここにはない。だだっ広い緑のじゅうたんが敷かれているのみである。ふいに、大きな鎌を左右に振って、草刈りをする農夫がぽつんと立っている。あの農夫はどこから来たのだろうか。家畜のえさとして草を刈っているのだろうか。草はどう運ぶのか。

一日中走り続けても、景色はさして変わらなかった。同室のアメリカ人女性が、朝目を覚ましたとたん、窓のカーテンをさっと開けて、一言。

「ザ・セイム！」（The same！　また同じ）

思い切り肩をすくめ、うんざりした顔をする。

列車旅の唯一といってよい楽しみに、食堂車の食事があった。白いユニホームを着たボーイが、テーブルに置かれたメニューを指さす。ロシア語で書かれたもので、何なのかわからない。父が適当に指で指し示すと、答えは「ニエット」つまりノーである。

しばらく「ニエット」の繰り返しでわかったのは、いくつか書かれた料理の右側に、手書きで値段が書き込まれているもののみが、提供できる料理ということらしい。

結局三、四品しかなく、シー・スープというものを注文できた。でてきたのは、ケチャップを薄めた色をしたスープに、キャベツと玉ねぎのような野菜の切片が浮かんでいた。味は野菜を煮込んだもの特有のさっぱりとしたよい味であった。

父はアルコール飲料をほしがった。ビールを注文すると、色の薄い、あまり泡の立たないビールが出てきた。やはり度数の強いウォッカをショットグラスに注いで、ぐいと一挙に飲み干すのがソ連流なのだろう。

食堂車での食事に飽きた頃、途中停車する田舎の駅で、キオスクがあることに気づいた。覗いてみるとほんの数点の商品しかない。あきらめ顔の旅行者に、近くの農家らしい年輩の女性が声をかけて、ふかしたじゃがいもを目の前にちらつかせる。細長い緑色の香草(あとでディルとわかった）をぱらぱらとふりかけた、単純塩味のじゃがいもはとても新鮮でおいしかった。言葉のわからない父は、小銭を掌に乗せてさし出した。おばあさん《バーブシュカ》は、大きなコインばかり拾い集めて、満面の笑みでじゃがいもを一つオマケしてくれた。

私たち一行は途中ノボシビルスクで下車をした。モスクワまで一週間列車に乗り通しでは疲れるだろうと、当初より予定していたものであった。旅の手配は、当時最大手の旅行社に乗車券から宿泊ホテルの手配をしてもらっていた。

夏に風呂もシャワーもなく数日過ごすのは、つらい。ノボシビルスクに降り立ったとき、姉も私も淡い色のシャツを着ていたが、どれも灰色に汚れ、煤で鼻の穴まで真っ黒になっていた。

ソ連時代、外国人観光客には国営旅行社インツーリストから派遣されたガイドが必ずついた。通訳兼ガイドなので、旅行者にとっては大変ありがたく便利このうえないが、彼らには外国人を見張る役割もあった。とくに、軍事施設などに迷い込んだりしないように、あるいは不要に写真を撮らないように。

ノボシビルスクでついたガイドは、エレーナという名の若い女性だった。彼女は日本に関心があり、大学では源氏物語を卒論のテーマにしたという。エレーナさんはとても心遣いがあり、私たち親子を博物館へ案内し、流暢な日本語で説明をしてくれた。

姉は大学卒業後、この旅に備えてロシア語を勉強していた。たった三か月だが、辞書を片手に見知らぬ人とも意思疎通ができるようになっていた。ゆえにエレーナさんと意気投合、仲良しになった。

列車内でも、姉はよくロシア婦人に声をかけられた。すらりとした細身に羨望を覚えたか、たまたま真っ赤な革製のポーチを持っていたからか。

「私ら国民は、赤い色が一番美しいと思うのよ」

確かに国旗も赤である。一緒にお茶を飲もうと招かれた三等クラスの寝台車は、上中下の三段ベッド。狭いので廊下にまで人が大勢溢れている。長旅に疲れている様子だが、菓子やらチャイをふるまってくれ、列車の旅ならではの人との交流がそこにはあった。

シベリア鉄道の旅も、終点の首都モスクワに到着した。

それまでの田舎風景とは違って、都会のあわただしさが感じられる。と同時に、人間も何かに追われているような余裕のなさで、他人への心遣いなど無用、観光客は外貨獲得のための手段といった待遇である。どこへ行ってもおざなりで、型にはまった説明と、流れ作業的な客捌きをされる。

シベリアで出会った素朴な人々とは、手の平を返したような冷たさで、旅まで寒々しいものになる。それなら予定を早めて、レーニングラード（現在のサンクトペテルブルク）へ行こうと、インツーリストの窓口で、旅程の変更を願い出た。

バスト、ウエストともに日本人の二倍はありそうな女性が、ロシア語でまくし立てる。机を隔てたもう一人の女性と、私たち親子の頭越しに、大声でジェスチャーを交えて話をする。こちらがロシア語を理解しないのをいいことに、さんざん待たされる。

しかし、言葉の壁はあっても、態度や表情、声のニュアンスで何を言っているのかはわかるのである。

「この人たちったら、せっかくのモスクワ滞在を一日繰り上げたいっていうのよ」

「列車の予約を変えるのが、どんなに大変で面倒くさいか、わかってないのよ」

「変更はできないって、つっぱねればいいじゃない」

「それがどうしてもって、しつこくて。アジア人はこれだからいやなのよ」

おそらくそんなやりとりをしている、と推測する。一時間以上かかったあげく、ようやく翌日の列車でモスクワをあとにすることが可能となった。

かつての帝政ロシア時代の文化の薫り高いレーニングラードでは、エルミタージュ美術館を見学し、いよいよ隣国のフィンランドへ行く列車に乗り込んだ。やはりこれも寝台車であったが、向かい合わせに上下二段の寝台で、親子三人一緒のコンパートメントでぐっすりと眠ることができた。

が、夜も十一時を過ぎて、国境が近くなった。とある小さな駅に列車が停車したと思うと、駅員が乗り込んできた。あとでよく考えると、駅員ではなく検問のための税関官吏か国境警備の兵士だったのかもしれない。肩には小銃をかけていた。

父と姉と私、寝ぼけ眼の寝間着姿で廊下へ出される。制服姿の官吏は寝台にかけられた毛布を払いのけ、寝台の下に置いた旅行鞄を開けて見せろという。五分以上かけて薄暗い室内を懐中電灯であちこち照らし、パスポートを入念にチェックし、厳めしい顔つきのまま去っていった。

犯罪捜査のようなものものしさに、旅行者は恐怖心をあおられる。ようやくゴットンと列車が動き出し、五分もしないうちに、また停車した。

今度はフィンランドの入国審査となった。

ソ連人より明るい色の制服を着た、色の白い大柄な男性がやってきた。そして私たちの差し出すパスポートと切符にさらっと目を通しただけで、すぐ返してよこした。

コンパートメントの中を見るかと親子三人外に出ようとすると、とんでもない、というしぐさをして、「フィンランドへ、ようこそ」の言葉とともに、笑顔で去っていった。

あれから、一九九一年にソビエト連邦が崩壊。欧米や日本の企業も進出し、街の姿はずいぶん様変わりもしたのだろうが、風土が育んだ人間の気質というものは基本的には変わらない。

二〇二二年二月、ロシアがウクライナに侵攻。ミサイルがウクライナの街を瓦礫の山に変え、数百万人というウクライナ人が難民となる。核兵器使用も辞さない強権。言論統制のもとに『収容所群島』の時代へと逆戻りしていくロシア。良識と良心を持つロシア人は鉄路でヘルシンキへ脱出、と報道されたすぐあと、フィンランドが鉄道運行を取りやめた。

あのシベリア鉄道大陸横断の旅は、もはや幻かお伽話となってしまった。

（二〇二二・三）

角砂糖

ちまたで、角砂糖を目にする機会が最近なくなった。

昔の喫茶店には、各テーブルに角砂糖の入ったケースが置かれていた。運ばれてきたコーヒーカップを前にして、おせっかいな人間は「砂糖、何個？」と聞く。そして相手のカップに言われた数だけ角砂糖を入れてやる。テレビドラマでもそんな場面があったものだ。相手に少しでも近づこうとする男の魂胆か、あるいは世話好きな性格をアピールしたい女のお節介か。

今ではスティック状の袋入りグラニュー糖が主流。自分で好きな量を入れて飲む。新型ウイルスの感染拡大を経験してからは、自分以外の人の飲み物にちょっかいを出すのはタブーとなった。

来客にコーヒーを出す際は、ブラックか、ミルクか砂糖がいるか、と好みを尋ねる。

「ブラックで」と言われると、砂糖もミルクも入れないコーヒー、と私は思っていた。

が、あるとき、外国映画の中で、相手にコーヒーの好みを尋ねられて、"Black, with sugar"と答える男がいた。

つまり、ブラックとは、「ミルクは入れないで」という意味なのだ。色からしてまさに黒。

人種やお国柄によっては、砂糖をたっぷり入れて飲む習慣がある。アラビア人は、多めに砂糖を入れたコーヒーを飲む。コーヒー自体がものすごく濃くて苦みがあるからか。その典型トルココーヒーはコーヒーの粉と同量の砂糖を鍋に入れ、水から煮立てるようにして淹れる。カップに注がれたら、粉が沈むのを待って、上澄みをすするように飲む。

ベトナムコーヒーはコンデンスミルクが入った、かなりの甘さを伴うコーヒーである。

コーヒーに砂糖もミルクも入れずに飲むスタイルは、最近の日本人に特に好まれているそうだ。そもそも日本人は緑茶を飲む習慣があり、茶葉の香りと味を楽しむように、コーヒーもまた、豆そのものの味だけでなく、ロースト加減から淹れ方を細やかに堪能する。そのためには、まずは砂糖もミルクも入れずに飲んだほうがよい。

アメリカ人が、グリーンティーを愛飲するのはよいが、緑茶に砂糖を入れて飲んでいる場面に遭遇したことがある。紅茶と同じ感覚ということか。だとすると、砂糖もミルクも入れない日本流のブラックは、茶の湯の席であの抹茶の苦みを味わう日本人ならではの飲み方なのではないか。煎茶を飲む感覚で、コーヒーもまた何も入れずに味わって飲む。

角砂糖一個は三から四グラム。グラニュー糖と同じで、カロリーは一個あたり十一から十六キロカロリー。角砂糖も三個以上入れると、かなりの甘党だろう。

日本人流のブラックコーヒーを飲む習慣が日常化している我が家で、昨年来、角砂糖をかかさず常備するようになった。その理由は……。

運動不足を補うために、毎日ウォーキングをすることにした。歩数計のアプリを入れたおかげで、目標歩数を歩かないと一日が終わった気がしない。せっせと歩数を稼ぐ毎日が、ありがたいことに健康をはぐくんでくれる。

雨降りもあれば、寒風吹きすさぶ日もある。それでも歩くようになったのは、たどり着く先に誰かが待っていてくれると思うと、がぜん張り切って歩けるようになった。

　まるで逢瀬を重ねるように、待ち人に会いに行く日々が続いた。そのうちにお土産を持っていこうとひらめいて、角砂糖を三個だけ持っていくことにした。

　角砂糖を貢ぐ相手は、引退した競走馬。広々とした囲いの中でのんびり暮らすサラブレッド。二十歳になる爺さん馬である。何度も通ううちに、鼻づらを撫で、たてがみに触ることができ、角砂糖を手から食べてくれるようになった。田舎暮らしならではの、贅沢ですてきな出会い。勝手にアーモンと名前をつけた。名馬アーモンドアイから半分もらった。

　大きな長い顔に頬ずりすると、干し草を食べたばかりの馬はまるでカモミールのような芳しい草の匂いがした。角砂糖三個と引き換えに、生きる英気をもらう。

（二〇二二・五）

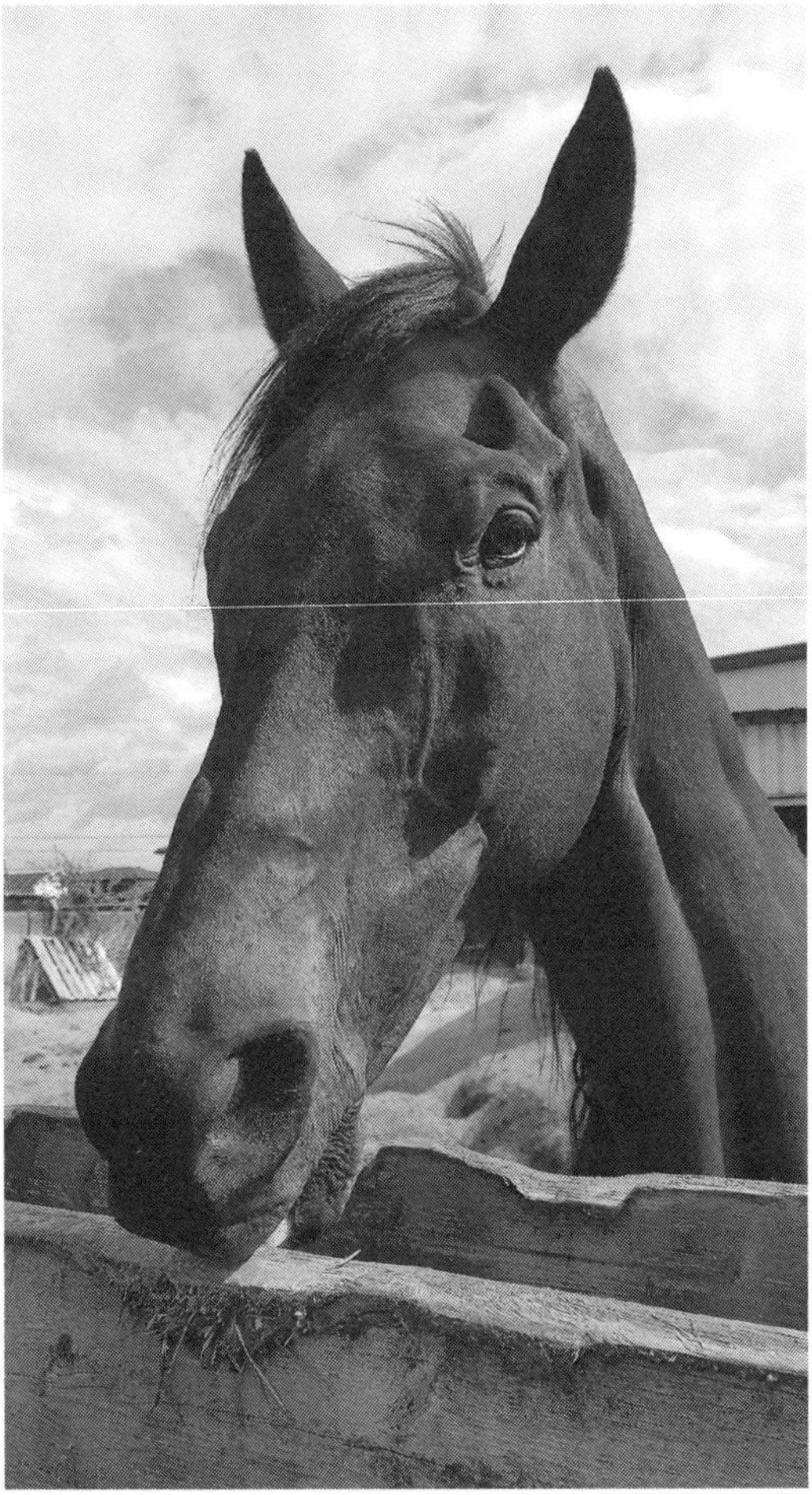

引退した競走馬　アーモン

あとがき

生きていくのに必要なもの。空（または空気、環境）、水（またはそれに育まれた食糧）、仕事（一生懸命になれる対象や自分を活かせるもの）、そしてパートナー（配偶者だけでなく、共感の持てる友、寄り添うペット、心の許せる相棒）。

持てる時間の中で感じたこと、それは生きていくうえで、本当に必要なものは何かということでした。葛藤と惑い、安心と苦悩、情熱と失望、行ったり来たり揺れ動く中で、自分にできることを問いつづけ、「できることはわずかである」ということに到達しました。

翻訳家を目指していた私が、実家の造り酒屋を継ぐこととなり、やがて六代目として会社の経営に奮闘することになりました。そんなとき、ご縁があって一九九六年七月から二〇一八年三月まで、松本平タウン情報「展望台」に掲載したコラムの中から、二〇〇五年以降のものを集大成したのが本書です。松本平タウン情報は二〇一八年三月に廃刊となりました。私も時を同じくして経営者としての使命を終え、会社そのものを第三者に事業譲渡し、引退の身となりました。

松本平タウン情報に長い間書かせていただいたことで、多くの方から励ましや、講演の機会を得て、生きるエネルギーをいただきました。二〇〇五年には、郷土出版社さんのご好意により、初のエッセイ集『酒蔵と猫』を出すことができました。この『ことばの匂い』は、その後の続編ともいうべきエッセイ集ですが、パンデミックやロシアのウクライナ侵攻など、世の中の急激な変化の中で感じたことも含めて、書きおろしの数編を加え、今回出版することとなりました。出版にあたり、新聞掲載時の表記のままのもの、加筆修正したものが、混ざっております。

空、水、仕事、相棒、このエッセンスを凝縮したエッセイ集が、暮らしの中のひとつまみの塩（a pinch of salt）となれば幸いです。

出版に際し、幻冬舎ルネッサンス局のみなさんには、大変お世話になりました。ここに御礼を申し上げます。また、日々の生きる力を分かち合っている夫、母、愛犬、友達、多くのお世話になっている方々に感謝しつつ、同じ時代の波にもまれながら毎日を精一杯生きる皆様にエールを送ります。未来がより明るくなることを願って。

二〇二三年三月

JASRAC 出2300983-301

<著者紹介>

竹本祐子（たけもと・ゆうこ）

昭和29年生まれ。長野県松本市在住。

上智大学卒業後、英文翻訳をするかたわら、家業の造り酒屋を継ぐこととなり、35年間酒造業を営む。

その間、小説を2冊、絵本2冊出版。信濃毎日新聞の地元紙・松本平タウン情報に21年間月1～2回の割合でコラムを掲載。エッセイ集を1冊出版。

2021年会社を退き、現在はフリーのエッセイスト。日本エッセイスト・クラブ会員

筆歴
翻訳　『クイーンたちの秘密』オレイニア・パパゾグロウ著（早川書房、1988年）

小説　『華燭』（双葉社レディース文庫、1987年）
　　　『銀の砂』（双葉社レディース文庫、1988年）

エッセイ　信濃毎日新聞・松本平タウン情報「展望台」
　　　　　1996年7月より　2018年3月まで448篇掲載
　　　　　エッセイ集『酒蔵と猫』（郷土出版社、2005年）

絵本　『桜の花の散る頃に』（郷土出版社、2014年）
　　　『上高地から帰ってきた犬』（郷土出版社、2015年）

ことばの匂《にお》い

2023年4月20日　第1刷発行

著　者　　竹本祐子
発行人　　久保田貴幸

発行元　　株式会社 幻冬舎メディアコンサルティング
〒151-0051　東京都渋谷区千駄ヶ谷4-9-7
電話　03-5411-6440（編集）

発売元　　株式会社 幻冬舎
〒151-0051　東京都渋谷区千駄ヶ谷4-9-7
電話　03-5411-6222（営業）

印刷・製本　中央精版印刷株式会社
装　丁　　弓田和則

検印廃止

Printed in Japan
ISBN 978-4-344-94322-3 C0095
幻冬舎メディアコンサルティングＨＰ
https://www.gentosha-mc.com/